白女神・黑女神

Weiße Göttin, schwarze Göttin

顧彬　Wolfgang Kubin　著

顧彬　Wolfgang Kubin、張依蘋　Chantelle Tiong　合譯

本書獲得馬來西亞福建社團聯合會暨雪蘭莪福建會館

「雙福文學出版基金」2009年度翻譯獎，

並由該基金資助出版。

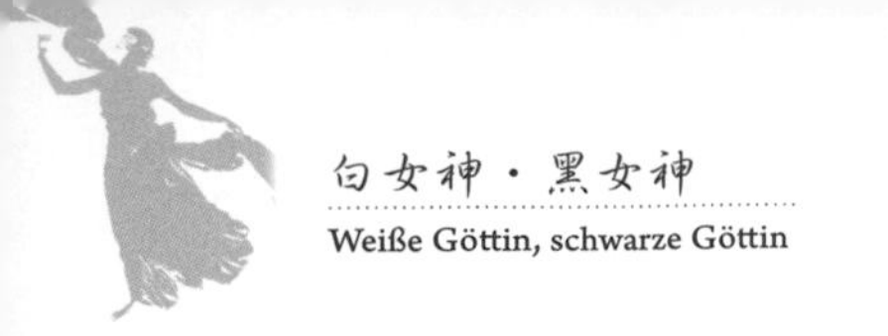

沃爾夫岡・顧彬（Wolfgang Kubin）

1945年12月17日出生德國下薩克森州策勒城。1973年獲波恩大學漢學博士學位，1974年在北京語言學院學習漢語，1977年至1985年任柏林自由大學東亞學系講師，教授二十世紀文學及藝術，1985年起任教波恩大學東方語言學院中文系，自1995年任波恩大學漢學系主任教授。長期研究中國古代和現當代文學作品，中西思想史，哲學與神學等，以德文，英文，中文出版專著，編著，譯著作達五十多部，如詩集《新離騷》、《愚人塔》、《影舞者》及《世界的眼淚》，學術著作《中國詩歌藝術史》、《二十世紀中國文學史》，譯著《魯迅選集》（六卷本）等，以及三本北島詩集、三本梁秉鈞詩集、兩本楊煉詩文集、一本翟永明詩集、一本歐陽江河詩集、一本王家新詩集等。本書是顧彬第一本在台灣印行的著作。

在兩個愛之間

——序　顧彬詩集《白女神・黑女神》

王家新

顧彬先生有很多身份：漢學家，教授，翻譯家，批評家，一位經常在媒體上出現的人物，等等，但對我來說更重要的，這是一位可以坐在一起「把酒論詩」的詩人和朋友——實際上我們也經常這樣做。在德國，他請我喝啤酒，而且使我知道了北德啤酒和南德啤酒在口味上的區別，在中國，我則請他喝二鍋頭，有時是五糧液，後來這兩種酒都成了他關於中國現、當代文學的著名比喻。「把酒論詩」之時，他的話並不多，往往是在認真地傾聽，但有時——這往往是在人多嘴雜的場合，他聽著聽著就打瞌睡了。他太累了嗎？是的（在中國，他往往一天要做兩個報告，還被記者們纏住不放）。而在這樣的時刻，我就不禁想起了他自己的一句詩：「疲倦的詩人／在走向詩的路上」。

的確，他就一直這樣疲倦而又不倦地走在通向詩的路上。我最早讀到他的翻譯過來的詩，是他和北島合譯的《新離騷》、《中國晚餐》等，並立刻受到吸引；去年，又讀到他簽名送我的《顧彬詩選》（莫光華、賀驥、林克譯，四川文藝出版社），這是他作品的第一個中譯本，我有了更多的發現的喜悅，「二十四

曾是件衣裳／裏面光亮／外面夜」，作為一個熟悉的老朋友，他多少讓我也感到有點驚異了。

現在，我又很高興地讀到張依蘋女士翻譯的他的一本新詩集《白女神，黑女神》。我不僅佩服於他的多產，更驚歎於他那活生生的靈感和變幻莫測的語言能力：

……米是白的，米是黑的。
她用一把刀分析這些。
分界是最亮的鏡子。
它切開白，它切開黑。

山上的太陽太強，
飛龍捉不著她。
白女神走來腳步太輕快，
在通道之上她變成黑女神。
她在那兒久久尋找梳子。

這樣的詩，我一讀再讀，並深受魅惑。這樣的詩，無論把它放在什麼樣的範圍看，我相信，它都是「一流」的。

當然，全面評價顧彬的詩歌不是我所能做的事。我在這裏只能談感觸最深的幾點。首先我要說的是，顧彬先生有一顆極其敏感的詩心。讀他的詩，我不斷驚異的就是這一點，為了其中那些令人意想不到的發現，比如「現在我們走向無盡的藍／且學習，杯子也可以帶出去散步」（《Yale》），據說這是他在美國的經驗（而歐洲人大都是坐著享受他們的咖啡的）。幾年前在紐約，看到街上匆匆行走的人們手中握著一紙杯咖啡，我也曾很好奇，但我怎麼從來沒有想到把它寫入詩中呢？——這就是我自己的遲鈍了。

由此我明白了為什麼顧彬總是隨身帶一個小本子，並隨時在上面記下一些什麼（也許，繆斯就在那一刻光臨）。我還想起了他隨身背的那種年輕人才背的背包。這麼一位著名學者、教授背這種背包，似乎和其身份不協調，但這就是顧彬。出席學術會議他會堅持穿上西裝。背上這種背包，他就是一個世界的旅遊者、發現者和詩人了。他把它變成了一個詩的行囊。

回到上面的詩「杯子也可以帶出去散步」，我不禁要問：這是一隻什麼樣的杯子？是詩人帶著它出去散步？還是它帶著一個詩人出去散步？

讀顧彬的詩，讓我深感興趣的，還在於他那特殊的不同於一般詩人的吸收能力和轉化能力，我想，這不僅是詩意上的，還是語言文化意義上的。作為一個漢學家，同時作為一個詩人，他穿越於不同的語言文化之間，「我們喜歡冰水，／不喜歡熱湯，／我們喜歡明亮魚缸，／不喜歡黑鍋」，一頓中國晚餐，竟讓他產生了這樣奇妙的靈感；而一句中國歌詞「花兒為什麼這樣紅」和一些中國語境中的辭彙如「表揚」之類，也被他別具匠心地引入了詩中。這種挪用、改寫和「陌生化」手法，已成為他詩中慣用的語言策略了。

這不禁使我想起了策蘭所說的「我從兩個杯子喝酒」（「Ich trink Wein aus zwei Glaesern」），顧彬也恰好是這樣的詩人。在作為譯者時，他是一位詩人（這就是為什麼他翻譯的中國詩會獲

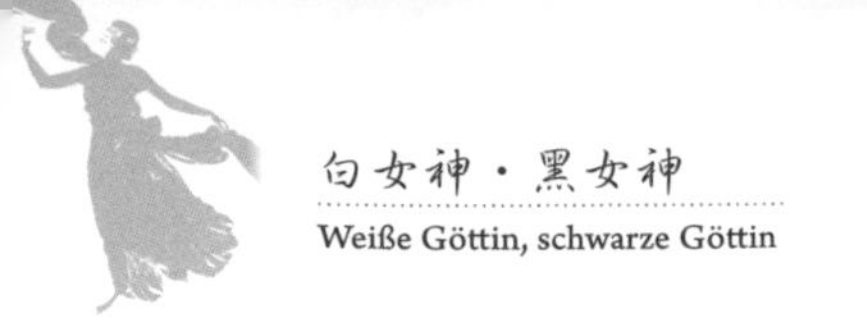

得成功）；在作為詩人時，他同時又是一位譯者，正如他自己所說，他能「從葡萄酒杯喝出杜松子酒」（《Yale》）。我甚至猜想在他那裏也潛在著某種「雙語寫作」，當然，他寫的是德語，但顯然，他運用了漢語的辭彙、語法和意象重新改寫了他的德語。他看世界的眼光也體現了某種「視野融合」。這裏舉個例子，如《白女神，黑女神》中的「山上的太陽太強，／飛龍捉不著她」，這首譯作是他和張依蘋女士合作的產物，把詩中的蜻蜓（dragonfly）譯為「飛龍」，我猜這可能首先出自張依蘋女士的創意（正如她執意地把「Apropos Rosen」譯為「終究玫瑰」一樣），但我想——據我對顧彬的瞭解，這也正合他那要重新「發明」德語的企圖！借助於中國神話，蜻蜓變成了飛龍，並為這首詩陡然帶來一種語言的神力。這樣的再度創作，為原作增輝。

一位德國評論家曾稱顧彬為「偉大的仲介者」（見《顧彬詩選》薩托里烏斯之序）。我想，這不僅指他對中國文學的翻譯和介紹。他的創作，同樣處在不同語言文化的交匯處。「詩人作為譯者」，這就是他所屬的詩人類型。他不僅從他自己的生活中，還要從不同的語言文化中來譯解詩歌這種「未知語言」。他全部的創作，就朝向了這種他在一篇文章中所說的「世界詩歌」。

當然，這是一個大膽的、也會引起爭論的設想。但不管怎麼說，顧彬的詩，不僅出自一位漢學家詩人的一己癖好，它提示著當今這個時代某種詩歌的趨向。這就是它的某種普遍性意義之所在。

重要的是，他已寫出了這樣的作品。他這些在跨越邊界的途中寫下的詩，本身就是「世界詩歌」的產物。這不僅是題材意義上的，這要從內裏來看，「山上的太陽太強，／飛龍捉不著她」，很中國，但又很德國——在德語中，「太陽」這個詞為陰性詞，飛龍捉不著「她」！這樣的詩，本身就融合了多種語言文化元素。它不僅產生了一種張力，還使我們看到了一種新的詩歌的可能性。

而這種努力，在顧彬那裏我看到，不僅出自一種興趣，更出自一個人深沉的內在要求。這就是他的詩之所以為我所認同的更根本的原因。他置身於不同語言文化之間，但他的詩不是文化獵奇，也不僅是那種修辭學意義上的雙語遊戲。他不斷地「朝向他者」，而又立足於自身的存在——一種內省的不斷受到困擾的個人存在。這就是他的「嚴肅性」之所在。因此他的詩，不僅伴隨著「語言的歡樂」，伴隨著一種反諷和幽默，也總是帶著他的沉思和追問，它們把我們引向了對一些人生更根本問題的關切：「在八大關之間／一條路太少，／在兩個愛之間／一個愛太多」（《你帶來光》），這又是一種充滿悖論的發現，在「兩個愛」之間的發現——發現「一個愛太多」，他已承受不起，或者說發現他只有一個愛，而這一個愛，足以葬送一個詩人的一生。

而這是一種什麼樣的愛？別問詩人，問我們自己吧。

《終究玫瑰》這首詩，是一首很德國、很顧彬的詩。它有著沉鬱的語調和嚴謹的形式，在繁複中，又有著某種疼痛感和瞬間的銳利。它有著那種德國式的「存在之思」，而又穿插著一些感性的、精確的細節。這首詩的最後，以那種我們都有過的在機場或大商場順著電扶梯而下的經驗，留下了一幅讓人難忘的畫面：

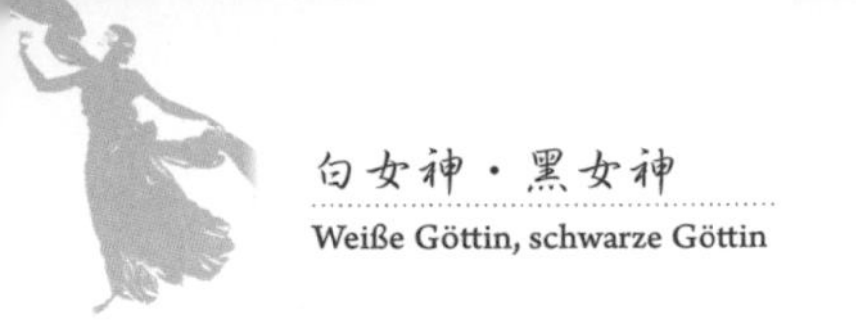

……彷彿一張臉，消逝在電扶梯之上，
俯瞰著，另一張臉消逝在下墜裏，
如此遊移猶疑，使最後之花也墜落了。

不知怎麼的，讀到這裏，我竟想到了龐德的《地鐵站上》，甚至想到了在地獄中穿行的但丁。我們自己就處在這一節節的下墜之中嗎？是的，詩人把我們帶到了這一語言的行列，消逝著，「俯瞰著」，同時也被「俯瞰著」。正因為如此，我記住了該詩中的另外一句：「你如此在自身消失之中作為詩人」！

我被這樣的詩深深觸動了。作為一個「疲倦的詩人」，這位我所尊敬的、年歲比我大一輪的朋友，很可能要比我自己更深切地體會到時間的力量——那在無形中使我們每一個人變化和消失的力量。但在另一方面，他又要在自身的不斷消失之中「作為詩人」而存在著，抵抗著，感受著。這就是他作為「時間的人質」（帕斯捷爾納克語）對自身的「終究」確認！

如果這樣來讀，這一句詩就不僅有了它的張力。它把我們帶入了存在之詩中。

那麼，在時間的流逝中，在玫瑰花瓣的凋落中，在自身的不斷消失中，作為一個詩人意味著什麼呢？這裏，似乎荷爾德林早就替顧彬做了回答：「但詩人，創建那持存的東西」。（《追憶》）

作為一個詩人，顧彬的一生，都奉獻於此。這就是為什麼我們會彼此引為同道的原因。「……石頭之下五百可憐靈魂之一，陪伴著我們，乞求著：／擁抱我，餵養我，讓我再次化為你身體」（《墨非麻六甲》），他聽到了這種哀切的低喚。在兩個愛之間，他再次感到了他那唯一的愛。他用德語餵養它，用漢語餵養它，而它還在無休止地要求！

的確，一個愛太多。而我們都是她的僕人和學徒。

2011年2月1日，北京慧谷陽光

詩歌的語言，世界的語言
或世界詩歌與世界語言

顧彬（Wolfgang Kubin）
張依蘋（Chantelle Tiong）譯

Il faut être absolument moderne!
（Rimbaud）

雖然詩歌在當下被稱作已死，詩歌節在德國還是相當普遍，獲得國際公眾踴躍參與。連明斯特或埃爾蘭根這樣的小城，也邀請遍及全世界的詩人來朗誦他們的母語詩歌。他們的德國聽眾可能不曾學習任何他們在所有朗誦會面對的語言。當然，向來備有翻譯，在牆上，在一本冊子裡或在耳機。但禮堂裡很多人不需甚至是不要翻譯；他們想聽的正是詩人發出的聲音，詩人的聲音。他們可能閉上眼睛，為了聆聽連一丁點也不理解的詞。口語的詞似乎為他們藏有某種翻譯者沒有辦法「挽救」的事物。

我親自經歷過這種「奇怪」的聽，幾年前正當鄭愁予（1934-）以中文朗頌他的詩歌時，在州立波恩展覽廳（2004）。已故波恩「語言與文學屋」主任凱琳・亨柏・蘇絲（Karin Hempel-Soos, 1939-2009），在世喜愛與中國詩人楊煉（1955-）一起寫詩的女詩人，她當時人在現場而為這位老「台灣籍」詩人的詩征服，其實她是被他的聲音及他詩歌編成的音樂震懾。她沒有中文概念而仍「懂」她聽到的。我們能稱這是世界詩歌的一個真實時刻嗎？我想，某方面我們可以，因為在那一晚中文能夠超越任何界限對至少一位聽者的心說話。這裡我必須補充：凱琳對我的老鄭詩歌德文譯本不感興趣。她毋寧是要聽他的中文聲音，而非我的德語口音。這對我是困難的，因為我嘗試把詩人譯入典型德語詩歌的聲音。

I

凱琳可能不是任何其他中國詩歌行家的代表。聽眾不習慣只聽詩人的聲音，而比較喜歡理解他或她正在「談」甚麼。他們更喜歡靠近語義而不是語音。他們也許將抗議現場沒有翻譯，像非非派成員做過的——當我正在北京（2001）城外某處場合以德語朗頌我的詩歌。他們甚至可能希望在中國詩歌裡認識某些「中國的」事。但甚麼是詞的真實意義中的「中文」詩歌？

我記得溫‧渥司勒（Winfried Woesler, 1939-），奧斯納布呂克（Osnabrück）大學的德國文學教授，曾經負責1987年的明斯特詩歌節。是他邀請第一位中國詩人到明斯特；他邀請顧城（1956-1993）和他的妻子，也是（女）詩人的謝燁（1956-1993）。通過我的幫忙。可當他通過我的翻譯認識他們的詩歌，他抗議：「橫豎甚麼是他們詩歌裡的中國呢？他們的詩完全不是中文！」我對他視為當然的「中國的」見解沒有概念，但我還是可以猜他在期待類似綠原（1922-2008？）介紹的俗套中文，他合作過的，而兩年後吧，在1989年請去明斯特的。

我應該承認我佩服綠原作為在監獄學德文的人，但我完全不是他的詩歌與詩學口味的朋友。在我眼中他代表類似渥司勒者可能視作「中文」的那類型俗套詩歌，卻在我眼中完全不合時，因為它不只是「中國的」，它是太「中國的」，根據我對現代詩的領會，不參與國際它不是世界文學一員。

假如真還可能寫「中國」詩，那麼，也將可能，寫「德國」詩。但在詞的真實意義裡，「德國」詩與任何要成為真正中文的中文詩類型同等過時。

渥司勒不幸在大陸有他中國的旅行同伴。中國政府的代表最近要求中國藝術家應該發展一種「中國風格」[i]。這件事，某方面可能提及于堅（1954-），來自昆明的詩人，約十年前譴責一整打在「西方」出名成功的詩人，「以西方文體為西方市場寫作，以便賺取名氣，金錢和宣傳」。若他會熟悉現代詩歌的歷史，就會聽說過，在1910至1945之間，全世界都在英美，法國和西班牙影響下創造一種國際性的詩體。這在1912至1949之間的——詩人如戴望舒（1905-1950）寫「法國」詩的中國，也一致真實。

而于堅也會聽說過，自六十年代已經在講某一種的「詩歌的世界語言」[ii]。這在「台灣街」兩邊也是一樣，例如北島（1949-）在弗德里哥・加西亞・洛爾迦的衝撞之下寫「西班牙」詩歌。

這些現象理所當然意味，今天任何只是「中國的」而不離其國家背景在後的詩作，也許非詩或非好詩。這意味著任何要成為真實詩人的中國詩人必須涉及國際，必須像龐德（1885-1972）

---

[i] 法蘭克福彙報，2010年6月19日，頁35。

[ii] 韓・馬・埃曾斯伯格（Hans Magnus Enzensberger）編，現代詩博物館，慕尼黑：dtv，1964，頁17。

那麼中國的成為英國的。或者別太生硬，若他或她要逗留「中國」，那好，若他或她只要在大陸或在台灣被不懂現代詩是甚麼的人閱讀。不過，若他或她要求，也在國外為龐大聽眾所公認，那麼他或她必須改寫不只詩歌的國際史，也必須改寫現代詩的中文歷史。由於他或她做不到這點，意識型態得到重力。這是後殖民研究為甚麼在次要作家和學術人員當中很成功的原因。這些「被忘記的詩人」很常宣稱被「西方」翻譯家或學者所忽視——因他們那會是太難理解及太難轉入任何外語的「中文特質」。

自1910開始變得國際化的不只是詩歌；也是許許多多詩人的傳記，羅列許多不同的國家裡不同的居所，以至所有族類的文化和語言在他們作品上面發揮深化作用。只要想一想保羅・策蘭（1920-1970）或戴望舒，雖然後者離家只一或兩年居住法國和西班牙。

II

德國詩人韓・馬・埃曾斯伯格（Hans Magnus Enzensberger, 1929-）是收藏世界語言的詩樣本並為它們豎立現代詩博物館的第一人。我不知道是否他也是第一個說出甚或鑄造世界語言這個詞。他的收藏品由他出版成書。其實他所出示的莫不是一部近乎來自遍及全球的現代詩人的精選集，初次出版於1960且隨後數次重複出版。即使在五十年後的今天，還是可以感受到它的作用。它包含1910至1950之間以一種國際文體寫的任何一種詩歌。甚麼是埃曾斯伯格精選集的判斷標準？[iii]他下的現代國際詩人定義指

[iii] 同上，頁14，27。

向：停止在出生國的永久居留，開始無時無刻不從一個地方搬到另一個地方，包括陌生的國家，或在政治危難中往往被流放。他們在不同的語言裡寫作，或至少在作品中使用不同的語言。他們偏好蒙太奇，並置以及多義技巧；喜歡在隱晦的寫法中暗示世界文化。他們是人們惋惜為朦朧，而很常不為任何人所可理解的。甚至可能說：他們是專家寫給專家的。他們的讀者多有哀悼，現代詩不再普遍屬於民間了。那是事實，現代詩極少超出那種完全不銷的非日用品。

無論如何，應該認知的是，繼歌德（Johann Wolfgang von Goethe，1749-1832）之後世界典型的學者是不再可能了。我們現在差不多住一個世界，如德國哲學家彼德・史路特戴（Peter Sloterdijk，1947）最近陳述的，一個從足球員到數學家，每個人專於他或她的領域的世界。就如只有少數的人可以聲稱理解現代物理或現代化學，也將只有少數自認他們熟悉現代朦朧詩體。這裡有趣的事情是，一種被公認超過一百年的詩人與科學家之間的密切關係：詩人生產的方式經常被形容為工藝師。

另一方面，一度在蘇聯為所謂十月革命後的人民寫的，或是1949後在中國大陸由所謂人民詩人寫的那些，現在差不多死了，它可能的最後讀者，聽者和學者不代表任何1979或1989後的新潮流。他們所堅持的是歷史的謊言，反之，現代詩人代表他們往往為之在極權國家受苦的，詩歌的自由靈魂。

埃曾斯伯格不是預見現當代詩歌共通語言的唯一者。繼他之後約三十年，德國知識份子希律・哈通（Harald Hartung，1932-）在埃曾－斯伯格主編的系列出版一冊他的「國際詩歌」

（1940-1990）選集[iv]。他的起點是上述博物館及裡面的世界語言概念。他那叫作貨物・國際詩歌的集子包含了1940至1990年。但他的精選集不僅僅是他的前任所做的編年延續；它背後也有一個新思想。埃曾斯伯格的博物館概念由「一個世界」的想法形成，亦即，一個的西方世界。這博物館不包括來自亞洲或非歐洲語言的詩人。但哈通呈現了例如兩位中國詩人，北島與顧城（1956-1993），後者也在加西亞・洛爾迦的咒語之下。此外，通過編排方式，德國編者有時也讓讀眾在閱讀翻譯之前先讀原詩作。那就是，他的精選集變成一部多元語言精選集。原作與譯文可在讀者眼中相互較量。這在可能範圍之內是很重要甚至是前衛的，因為迄今許多國外文學的行家認為翻譯與原作是同樣的，以至可不附原作。對，在特定條件下可能是那樣，但習慣上翻譯應該被視作作品在外語中不生分的兄弟或姐妹。他們互相幫助並且相互詮釋。在這個意義上他們彼此互補，因為有的時候翻譯可能比原文更清晰。

一以貫之，哈通對世界語言以至世界詩歌有他自己的理解。他的定義讀起來是這樣的[v]：

> 真的有詩歌的世界語言這回事：人工，卻非強迫；
> 在國際，卻是從地方與區域特質生出。

[iv] 希律・哈通（Harald Hartung）編：貨物。國際詩歌。1940－1990，法蘭克福：愛希博恩，1991。

[v] 同上，頁6，19。

我們如何去理解這項國際與在地混合物，作為現代（包括當代）詩的起點？我懷疑哈通是否完全對，因為現代詩歌裡的個人地方與文化成份很常不再很具體，毋寧是極為抽象而包含任何其他現代社會。我們可以在梁秉鈞（也斯，1949-）或北島的作品裡發現這點。梁秉鈞的香港是現代世界的一個信號。即便他的讀者對他的家鄉毫無理解，他們將還是明白他寫些甚麼。而北島的北京說出與任何寫有關東柏林在東德（1949-1989）共產恐怖之下的詩作同等份量的壓迫。今天無論哪裡的男人或女人或小孩，他，她或它將在同樣的資本主義或是社會主義夢魘中活過。這是為甚麼我常說，比起通過不曾在他們國家面對或左或右極權主義的英美文學作者，我們更能通過現當代中國詩人在德國認識自己。順道提起，這也是來自「北京」與「香港」的作者在德國比來自「台北」的作者成功得多的原因。看不出「台北」的國際潮流了，自從台灣身份的決定，她表現的更是地方潮流。

雖然處在埃曾斯伯格和哈通的影響之下，詩人，翻譯家，編者約・薩托略（Joachim Sartorius，1946-）於1995以他的新詩歌地圖開始一項革命[vi]。他要把「一個世界」的概念撇在一邊，而豎立一座帝國政府大樓：它的許多窗戶有世界詩歌所有的世界語言[vii]。他看見一個新時代破曉，因為他眼裡的世界詩歌史就是詩歌從世界各地湧入個人原生地的歷史。這是他不要造另一座博物館再現1960至1994那些年，而是製一張安頓所有地上不同語言與

[vi] 約・薩托略（Joachim Sartorius）編，新詩歌地圖，萊茵貝克（漢堡）：羅沃特，1995。

[vii] 同上，頁10；續參頁7-16。

傾向的地圖的原因。對他而言不再有共有的詩歌與被綁的詩學，只有重重不同的聲音。他以包括中文和日本文字在內的任何語言原文和德文翻譯呈現這項重重聲音。罔顧所見世界詩人之間所有的差異，他表達一個要求：詩歌應該像加油站，到處找得到。例如在地下道，詩能部份取代生育控制，藥物濫用，痔瘡之苦的可怕新聞海報。

III

在德國從事詩歌與詩學的人不只談論世界詩歌或世界語言，近幾年他們甚至發明另一個詞，以形容整個世界詩歌隊伍的全擁抱力量。它叫做「世界的聲音」（Weltklang）。這個德語裡的新詞，是由兩個表示「世界」和「聲音」的詞打造的。它現在是每個秋天在柏林的詩歌之夜的名字。任何國家的詩人都獲邀在公眾地方以自身語言朗誦自己的詩。有時那可能聚集好幾千人。因此，或有人會補充，創造或協助維持世界語言的觀念，這也是國際詩歌節的理念。

但真的有一種聲音是代表世界的嗎？根據約・薩托略，詩歌現在是如此的不同，以至不可能有一種作為全部的聲音。不同的詩人意味不同的語言，不同的課題，以及不同的世界看法。之後如何，或有人問，還可能談世界語言論世界詩歌嗎？我想，這與至今任何國家的詩歌位置都是社會邊緣，而更是在國外找到讀者的事實有關。這是我最近談到德國作為中國詩人新家的[viii]。這新家也涉及翻譯工作。

[viii] 顧彬（Wolfgang Kubin）：德國作為中國詩人新家，東方。方向2010.02。

我認為就現代與當代中國詩歌而言，在德國有一些好譯者，雖然人數不多。以至比起在例如靠葛浩文（Howard Goldblatt）幫助撐中國說故事者場面的美國，中國詩人可能在我的國家更成功。我不能代我的同事講話，我只能為我自己方面宣稱，世界語言幫助我把中文世界詩歌翻譯得比古典中國詩歌好。甚麼原因？古典中國詩歌是屬於世界文學，但它的語言是典型中文而它的課題完全繫於中國傳統。那幾乎難以思議。在翻譯可以開始之前，你必須研究及學習何謂古典中國詩歌。如果有人會在他或她剛學習的基礎上，把中世紀的古典中國詩翻成十八或十九世紀古典德國詩歌，他或她會冒被批評把「他者」做成很德國及很奇怪的風險。雖然我視已故京特・德邦（Günther Debon）的翻譯為任何語言（包括現代中文）的古典中國詩歌翻譯中最好的譯本，我經常還得聽說我上述剛提到的那類在德國的非難。

任何古典時期的語言離我們今天都很遠，現代或是當代語言卻不是。我們學的種種外語也不是。至少他們似乎多有通向我們母語的，一種直今受到許多不同語言影響的語言。例如現代德語從V 國外借的詞彙多到沒有它們行不通。那些借詞往往比真實的它們更聽似德語。

大變化也在過去一百年的詩歌現實中發生。詩作的課題不再絕對；基於它們多不提供讀者能以清楚言詞簡化的事物，再也不能單從內容角度詮釋它們了。瞬間出現的詩歌自治：個別單詞比它的字句信息更重要，這把詩人從自家傳統放出來。黑暗與孤獨開始穩定陪伴著在全世界所有文化與歷史中找到他或她的材料的現代詩人[ix]。任何地點，任何時候，這是任何現當代詩人的詩歌理論。於是約・薩托略可能寫關於韓國，埃曾斯伯格寫香港，梁秉鈞寫德國，北島寫斯堪的納維亞，而我寫關於馬來西亞。

對一個當代譯者來說，相比任何古典形式的文學，這種有著國際語言質感的國際詩歌更容易譯入正確語言。尤其，當原作者與譯者的學術背景幾乎相同。例如，我大約十八歲的時候，學習認識西班牙，法國與意大利朦朧詩。這是為甚麼把許多的現當代中國詩人譯入暢銷市場的曉暢德文，對我而言不怎麼難。

那麼多現當代詩人曾經或還在他們的國家面向政治難題的理由在這裡：他們不再和國家革命前後一樣投國家所好；他們已經在他們的詩歌裡超克任何國家政府與國家主義。他們堅持和朝向成為這樣一個民主世界——

> 在那裡，所有不一樣的聲音形成一個寶石複面詩歌的
> 歌唱的身體。

[ix] 雨果・弗列德里希（Hugo Friedrich）：現代抒情詩的結構，漢堡：羅沃特，1967。

目　錄

黑部

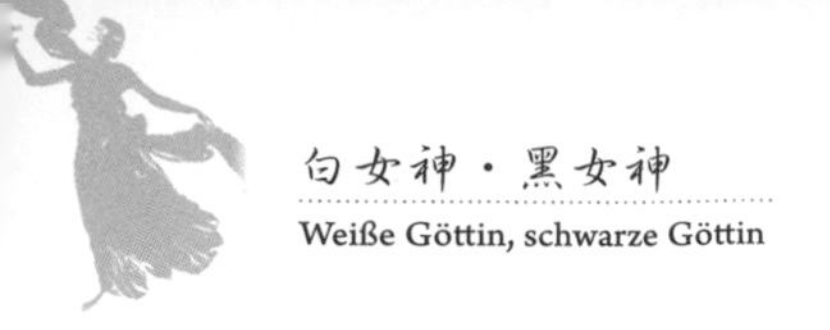

白部

1

2

3

4

5

6

7

黑部

Ohne Tinte in Malakka[1]

Kam ohne Tinte nach Malakka, fand kein Geschäft für Bleistift und Papier,
fand nur weißen Kaffee, der schwarz versprochen war,

fand dich und mich in leichtem Kleid. Du sagtest, schau
am Tempel der Barmherzigkeit ist eine letzte Bleibe.

Sie war nicht die deine, sie ist nicht die meine.
Kein Seefahrer hinterließ sie, keine Tafel gibt ihren Namen preis.

Der alte Streit geht weiter. Sie rühmt sich noch des jungen Laubs, des bleichen Papiers auf ihren steinernen Stufen. Du wirst auch die geschlossenen Läden mögen,

sie sind brave Kunde wie du, Kunde von unterwegs:
Ein Vers ist selten daheim, ein Poet liebt eher die Flucht.

Zehn Minuten waren uns gegeben für die Geschichte der Welt am Stadthaus,
zehn Minuten am kurzen Kai für ein Foto mit neuen Nachbarn.

War Zheng He nicht aufgebrochen von hier? Der Eunuch mit 300 Schiffen?
Seefahrer kommen keine mehr, und wir, wir kommen in Geschäften zum Fort A Formosa,

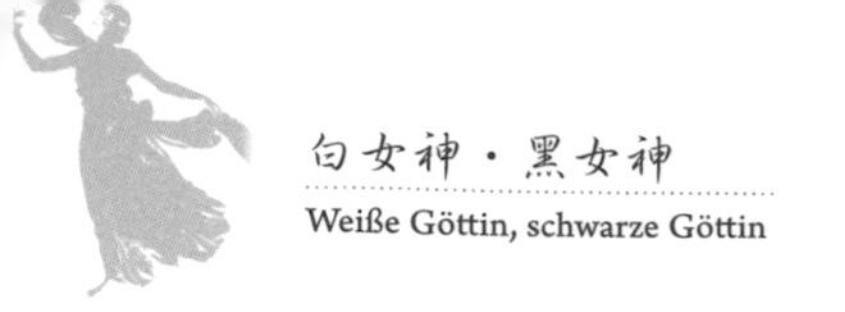

erwerben Mitbringsel, lauschen neuen Deutungen einer Sehnsucht, die uns nie erhörte:
War die chinesische Prinzessin wirklich auf dem Hügel vor Ort?

Ist sie heute eine der 500 armen Seelen unter dem flachen Stein, eine, die uns begleitet,
eine, die fleht: Umarme mich, beköstige mich, laß mich wieder dein Leib sein?

Sind wir also nichts als ihr Widergänger in Malakka und haben darum keine Tinte?
Keine Tinte und kein Papier, aber eine Ahnung von dem, was wir einmal waren,

was wir einmal sind: ein paar Brocken Erde
in den knochigen Armen einer fernen fremden Toten?

[1] Malakka, heute meist Melaka geschrieben, wurde neben Holländern, Portugiesen auch von Chinesen besiedelt. Das Stadhuys von 1650 war einst das (holländische) Rathaus. Das Fort A Formosa von 1512 ist von den Portugiesen hinterlassen. Hier in der Nähe befindet sich ein Gedenkstein für den chinesischen Seefahrer Zheng He (1331-1433?). Gegenüber dem Tempel Cheng Hoon Teng von 1704 ist noch die heruntergekommene Bleibe des ersten malaiischen Dichters Munsyi Abdullah (1796-1854) zu sehen, der heute als solcher aus nationalen und religiösen Gründen jedoch nicht unbedingt anerkannt wird. Auf dem Hügel Bukit China liegen chinesische Grabanlagen aus den Jahren 1360 bis 1644. Der Überlieferung nach geht der Friedhof auf eine chinesische Prinzessin und ihr Gefolge zurück. Diese war als sogenanntes Ehegeschenk im 15. Jh. vom chinesischen Kaiser dem Sultan von Malakka vermacht worden. Die dortigen Ruinen sollen auf ihren einstigen Palast zurückgehen.

墨非馬六甲[2]

來到馬六甲無墨水，尋不見鉛筆和紙的店，
只發現白咖啡，被承諾是黑，

發現你和我輕裝便服。你說，看
觀音廟是最後之所。

它不屬你，也不屬我，
沒有水手離開它，沒有碑文表述它。

舊爭執又繼續。它還在表揚嫩葉白紙
在它的石階上。你也會喜歡窗扉緊掩。

它們是溫馴如你的消息，來自路上的消息：
一句詩行經常翹家，一個詩人更愛潛逃。

十分鐘給我們去世界歷史大會堂，
十分鐘到短促碼頭和新鄰居合影。

鄭和不從這兒出發嗎？有三百船艦的太監？
水手不再來，而我們，我們來到通往福爾摩莎堡的店，購買紀念品，竊聽一個渴求的新說，我們不曾被聽到的：
中國公主真的住在山上嗎？

如今它是否平面石頭之下五百可憐靈魂之一，陪伴著我們，
乞求著：
擁抱我，餵養我，讓我再次化為你身體？

如今我們莫非它在馬六甲的化身因此沒有墨水？
沒墨水也沒紙，由此卻出現一個預感，我們曾經為何：

我們曾經會是：一對泥土碎片，
在遠古陌生死者那瘦如枯骨的手臂中？

[2] 麻六甲，今稱馬六甲，曾先後被荷蘭人，葡萄牙人以及中國人殖民。建於1650年的荷蘭紅屋曾是荷蘭市政廳。葡萄牙人留下建於1512年的福爾摩莎堡。附近有一座中國航海家鄭和（1331-1433？）的紀念碑。建於1704年的青雲亭對面，尚可看到第一位馬來詩人文師・阿都拉（1796-1854）荒置的住家。鑒於他的種族與宗教立場，現今不見得被重視。中國山上遍是1360至1644年間的中國人墓穴。相傳這是一個中國公主和她的隨從們的公墓。那是十五世紀中國皇帝遣贈馬六甲蘇丹的所謂結婚禮物。那廢墟應可上溯以前的皇宮。

Without Ink in Malacca[3]

Came without ink to Melaka, found no shop for pencil and paper,
found only white coffee, promised black,

found you and me in light clothing. You said, see
the temple of the Mercifulness the last place to stay.

It was not yours, it is not mine.
No sailor left it behind, no plaque reveals its value.

The old quarrel is going on. It is still boasting of young leaves, of pale paper on its stone. You might also like its closed shutters.

These are good news like you, news from on the road:
A verse is seldom at home, a poet rather loves any escape.

Ten minutes conceded for us for the world history of townhall,
ten minutes for a photo with new neighbours at the short quay.

Wasn't that Zheng He had departed from here? The eunuch with 300 ships?
Sailors come no more, and we, we go about our business- to A Formosa fort,

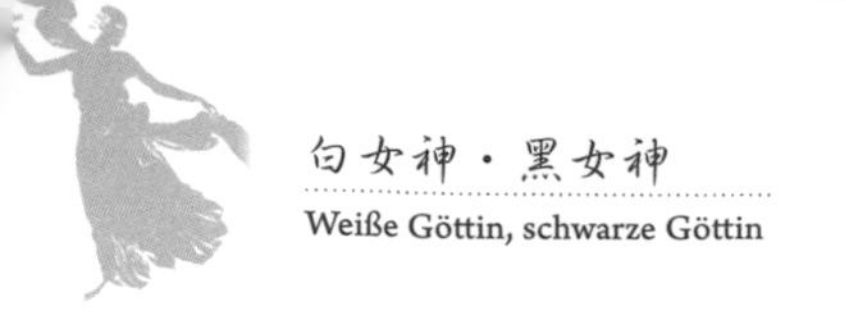

purchase souvenirs, overhear new explanation for a yearning, that never heard us:
Was the Chinese princess once living on the hill?

Is she nowadays one of the 500 poor souls under the flat stone, one, that accompanies us,
one, that pleads: Hug me, feed me, let me be your body again?

Are we now nothing else than revenants of hers in Melaka and therefore have no ink?
No ink and no paper, but an idea about what we once were,

What we once will be: a couple of crumbs of earth
in the bony arms of a dead distant stranger?

Tr. By the author and Chantelle Tiong

[3] Malakka, today written as Melaka, was subsequently colonized by Holland, Portugal and also Britain. The stadhuys built in 1650 was a Dutch townhall. Fortress A Formosa built in 1512 is left by Portuguese. Nearby found a monument of Chinese sailor Zheng He(1331-1433?). Opposite Cheng Hoon Temple built in 1704 one can still see the residence of the first Malay poet Munsyi Abdullah(1796-1854), who is not taken as important nowadays due to his stand of nation and religion. On the hill laid the buried Chinese from 1360 to 1644. The legend of the cemetery of a Chinese princess and her followers. This was as a gifted marriage in 15th century from the Chinese Emperor to the Melaka sultan. The ruin should be the earlier palace.

Tanpa Ink di Melaka[4]

Datang tanpa ink ke Melaka, tak jumpa kedai pensil dan kertas,
jumpa kopi putih saja, dijanjikan hitam,

dapati kamu dan aku berpakaian ringan. Kamu kata, tengok
Kuil Guanyin persinggahan terakhir.

Ia bukan punyamu, ia bukan punyaku.
Tak ada pelaut meninggalnya, tak ada tugu menamanya.

Pergaduhan lama bersambung lagi. Ia masih memuji daun muda, kertas yang pucat
diatas tangga batunya. Kamu akan suka pintu yang tutup juga.

Mereka adalah khabar baik seperti kamu, khabar dari tengah perjalanan:
Segaris puisi jarang berada di rumah, seorang poet lebih suka melepaskan diri.

Sepuluh minit untuk kami mengunjungi sejarah dunia bandaraya,
sepuluh minit di bagan pendek untuk satu foto bersama jiran baru.

Zheng He bukan bertolak dari sinikah? Sida yang mempunyai 300 buah kapal?
Pelaut tidak datang lagi, dan kita, kita masuk kedai Kubu Formosa,

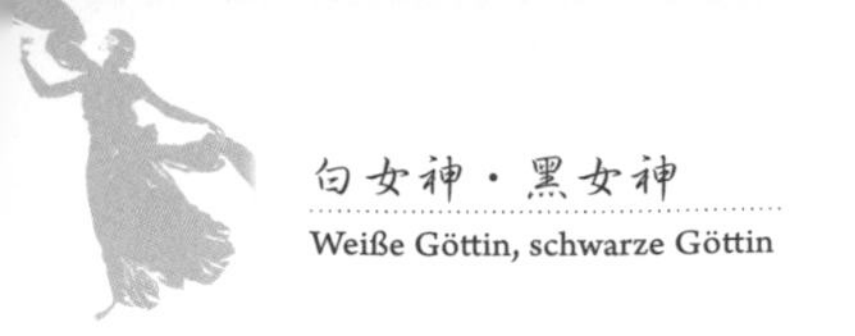

membeli buah tangan, terdengar penerangan satu permintaan, yang tak pernah didengar:
Betulkah Puteri Cina tinggal diatas bukit?

Adakah baginda kini salah satu diantara 500 jiwa kasihan dibawah batu rata, bersama dengan kami,
satu, yang meminta: pelukkan ku, bagiku makanan, biarkan aku jadi badanmu sekali lagi?

Adakah kami kini bukan apa-apa kecuali revenantnya di Melaka, maka tak ada ink?
Tak ada ink dan tak ada kertas, tapi terdapat satu pendapat dari sini-pernahlah kami siapa,

Pernah kami adalah: sepasang peroi tanah
yang berada di lengan seorang si mati asing zaman lama?

[4] Malaka, masa kini dipanggil sebagai Melaka, telah berturut-turut dikolonisasikan oleh Belanda, Portugal dan Negeri China. Stadhuys yang dibina tahun 1650 adalah dewan bandaraya Belanda yang dulu. Kubu A Formosa yang dibina tahun 1512 adalah warisan orang Portugal. Dekat sana terdapat sebuah batu peringatan pelaut Cina Zheng He (1331-1433?). Bertentangan dengan Kuil Cheng Hoon Teng yang dibina tahun 1704 boleh dinampak rumah Poet Melayu pertama Munsyi Abdullah (1796-1854) , yang tidak diberi kepentingannya kini oleh sebab pendapatnya tentang kenegaraan dan agama. Diatas bukit adalah tempat perkubuaran orang Cina diantara tahun 1360 dan 1644. Lagenda mengenai perkuburan seorang puteri Negeri China dan pengikut-pengikutnya. Ia merupakan suatu perkahwinan menjalini hubungan mesra yang dikurniakan oleh Maharaja China kepada Sultan Melaka. Runtuhan bangunan disana bekas istana awal.

Beinecke: Bibliothek für seltene Bücher

Dann aber werde ich erkennen, gleichwie ich erkannt bin.
1.Kor 13,12

Braucht auch ein Eingang einen Eingang,
um ganz Eingang zu sein?
So wie das Licht ein Licht schauen muss,
um licht zu werden?

Wir suchen die Erde ab,
die Sonne, unsere Möglichkeit,
finden Ei, Pyramide, Quader
in versunkenem Garten
an schmaler Tür.

Dies alles diene der Beruhigung

Unruhig entschlüpfen wir der Unruhe,
schlüpfen durch die Scheide
von Stein und Papier,
schlüpfen vom Tag in die Nacht
und lassen uns sagen:

Dies sollte einst ein Harem sein
von innerem Glanz.
Dies ist ein Schaukasten heute

für die Gutenbergbibel,
älter als die Neue Welt.
Kein Onyx aus Algerien,
kein Bauchtanz,
ein Krieg war lang davor.
Es kam nur Marmor aus Vermont,
eckig und schwarz.

Tritt ein, kleines Licht, aus der Fülle!
Es ist wieder Krieg.
Das Buch der Bücher
wird wieder gewendet,
eine Seite pro Tag
macht Lektüre auf Jahre.
Am Ende ist kein Rand begriffen,
kein Staub gefallen.
Mechanisch wird das Buch gewendet,
nicht von Hand zu Hand.

Tritt aus, kleines Licht, aus uns,
wir wollen kein Seitenwender werden.
Wir wollen Angesicht sein im Angesicht,
nicht innen Nacht und draussen Tag.

Aus dem Gedichtband *Schattentänzer. Gedichte*, Bonn: Weidle Verlag 2004, S. 58-59.

黑部

Beinecke: 稀有書與手稿圖書館

林前13章12節：到那時就全知道，如同主知道我一樣。

一個入口也需要一個入口
以成為入口？
如同光必須見光
以現出光明？

我們搜查大地
太陽　我們的機會
尋找蛋　金字塔　骰骨
在沉落的花園
近窄門

據說　這些使人平安

我們忐忑不安逃離不安
鑽過　石與紙
的邊界
自白日抵達夜晚
且讓我們說：

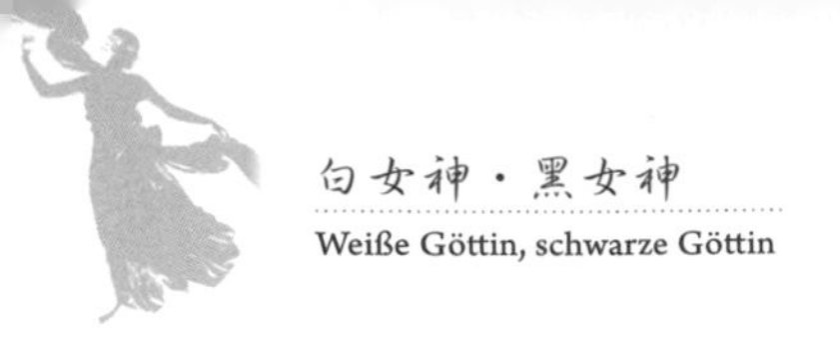

這應是回教閨房
從內部綻放光芒
如今這是陳列箱
展示古登堡聖經
比新世界更老
沒有阿爾及利亞彩石
沒有肚皮舞
從前來過戰爭
只帶來佛爾蒙特大理石
有角且黑

進入，微光，自那豐富！
戰爭又來了
書中之書
又翻動
一日一頁
完成一年閱讀
始終　沒有摸著邊際
沒有塵埃墜落
機器翻動書頁
沒有經過人手

出走，微光，自我們之內，
我們不要翻書機器
我們要面對面
不要囿於內夜外晝

譯自《影舞者》（波恩：Weidle出版社，2004）頁58-59

Beinecke: Manuscript and Rare Book Library

But then shall I know even as also I am known.
1 Cor 13:12

Does an entrance also need an entrance
to be fully an entrance?
Just like the light must see a light
to become light?

We search the earth
the sun, our possibilities,
find egg, pyramid, cuboid
in sunken garden
at narrow gate

All this is good for pacification.

Unpacified we escape from unpacification,
slipped through the border
of stone and paper,
slipped from day into night
and let us say:

This was meant to be a Harem

of inner brightness.
Now it is only a showcase
for Gutenberg bible
older than the New World.

No jade from Algeria,
No bellydance,
long before there was a war.
There was only marble coming from Vermont,
square and black.

Step in, little light, from the fullness!
It is war again.
The book of books
is being turned,
turning one page per day
will make reading for years.
Finally no margin has been grasped,
no dust fallen.
Mechanically the pages are turned,
not from hand to hand.

Step out, little light, from us,
we don't want to be mechanical page-turners.
We want to be face to face,
not inside night and outside day.

"Shadow dancers", Bonn: Weidle Publisher 2004, Page 58-59.

Beinecke: Perpustakaan untuk Manuskript dan Buku Perdana

Dan kemudian akanku tahu, bagaikanku sudah diketahui.
1.Kor 13,12

Satu pintu masuk perlu juga satu pintu masuk,
untuk menjadi pintu masuk?
Seperti cahaya mesti jumpa satu cahaya,
untuk menjadi cahaya?

Kami memeriksa bumi,
matahari, kemungkinan kita,
terjumpa telur, piramid, Quader
dalam taman tenggelam
di pintu sempit.

Semua ini bermanfaat demi ketenangan.

Tak tenang kami melarikan diri dari ketidaktenangan,
menerai melalui sempadan
diantara batu dan kertas,
menerai dari siang ke malam
dan biarkan kita berkata:

Ini sepatutnya sebuah Harem

yang cerah kedalaman,
ini kini sebuah pameran
untuk Kitab Injil Gutenberg,
lebih tua daripada Dunia Baru.

Tak ada batu permata dari Algeria,
tak ada tarian perut,
satu peperangan pernah berlaku lama dulu.
Yang sampai hanya batu marmar dari Vermont,
berbentuk segiempat, hitam legam.

Meligas pada, cahaya comel, dari kepenuhan!
Peperangan bersambung lagi.
Buku dalam buku-buku
akan dijentik-jentikkan,
satu mukasurat setiap hari
jadilah pembacaan tahunan.
Akhirnya tiada jidar disentuh,
tiada debu yang jatuh.
Muka surat dijentik oleh mesin saja,
bukan dari tangan ke tangan.

Meligas keluar, cahaya comel, dari kami,
kami tak nak jadi penjentik mesin,
kami nak berjumpa muka demi muka,
bukan malam di dalam dan siang di luar.

Dari koleksi "Penari-penari bayang", Bonn: Penerbit Weidle 2004,
mukasurat 58-59.

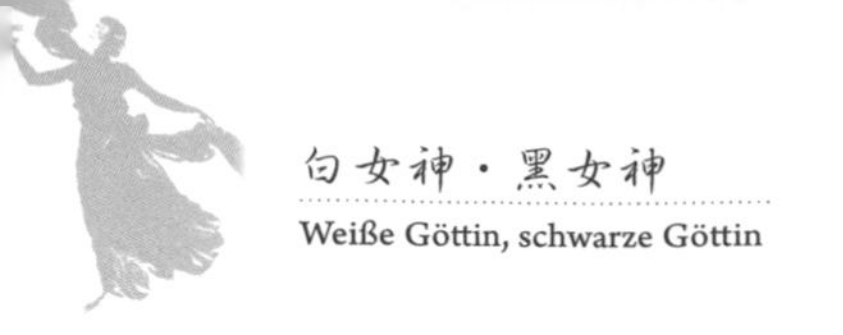

Yale[5]

Manch einer bestimmt sein Grab
vor der Zeit
zwischen Webster und Wellek.
Kein Lexikon, keine Literaturtheorie,
er teilt nur die Asche mit anderen
in fremder Urne.

Manch einer erinnert sein Kind,
die vierzig Tage im Krankenhaus,
die ersten und einzigen,
oder einen späten Tod, das Zeichen,
mit schwerem Messer geritzt in eine Tafel,
damit die Erde einen Halt hat über sich.

Manch einer steht im Hof,
sieht die letzte Blüte
und verlangt nach Erinnerung
wie nach einem raren Buch.

So wurde die Welt beschifft,
Gutenberg, Marinetti,
eine portugiesische Seekarte auf Tuch,
am Ende ein durchsichtiges Haus aus Marmor.
Die Kunde ist immer dieselbe:
Auch wir waren furchtsame Streiter

im nachlässigen Spiel.
Wir erinnern den Tisch der Frauen,
die letzte Schlacht.
Wir tranken Gin aus Weingläsern,
Tee in elisabethanischem Gewand.

Wir gehen nun mit dem Weary Blues
und lernen, selbst Becher lassen sich spazierentragen.

Aus dem Gedichtband *Schattentänzer. Gedichte*, Bonn: Weidle Verlag 2004, S. 47, Anmerkung: S. 139f.

[5] Yale: Name einer Unversität in New Haven, Connecticut. Auf dem alten Friedhof in der Grove Street befinden sich die Gräber von dem Lexikographen Webster und dem Literaturwissenschaftler Wellek. Zur Yale University gehört die *Beinecke Rare Book and Manuscript Library*. In deren Besitz befindet sich unter anderem die Gutenbergbibel. Die Bibliothek, die wesentlich aus lichtdurchlässigem Marmor besteht, stellt regelmäßig ihre alten Bestände aus. Der *Weary Blues* stammt von dem amerikanischen Dichter Langston Hughes (1902–1967). *Weary Blues* ist Titel des ersten Gedichtbandes von 1926 und gleichzeitig Titel eines Gedichtes. Viele seiner Gedichte sind von Jazz-Musikern vertont worden.
»Tisch der Frauen«: Dies ist eine von Wasser gespeiste Skulptur auf dem Campus der *Yale University*. Ihre Wasserringe teilen dem Betrachter mit, wieviele Frauen zum Studium zugelassen worden sind.

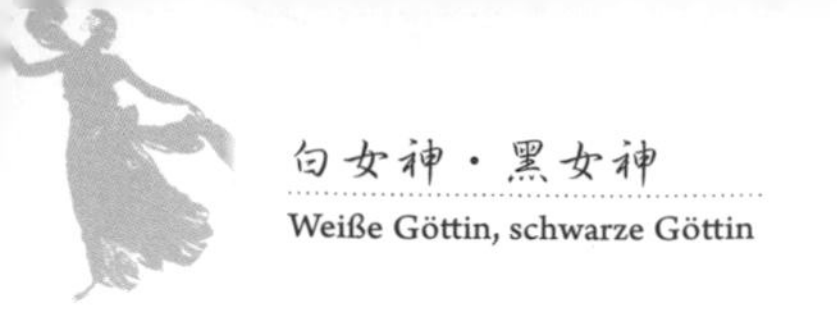

耶魯[6]

有人決定他的墓地
早於時辰之前
在韋伯思特與韋勒克之間
沒有詞典　沒有文學理論
和別人僅僅分享灰燼
在陌生的骨灰瓮

有人紀念他的孩子
那醫院裡的四十天
那最初和唯一的
或是某個遲延的死亡　那象徵
以沉重的刀刻鑿一塊板
好讓大地能握著天空

有人站在院子
守望最後的開放
渴求記憶
像是渴望一本稀有的書

而世界就此航行
古登堡　馬里內蒂
帆布上一張葡萄牙海圖
盡頭是一座透明大理石房子[7]
潮汐一如既往：
我們也曾是無懼的戰士
在輕率的遊戲裡
我們記得女人的桌子
最後的戰役
我們從葡萄酒杯喝出杜松子酒
穿伊麗莎白禮服品茶

現在我們走向無盡的藍
且學習，杯子也可以帶出去散步[8]

作者與張依蘋譯自《影舞者》（波恩：Weidle出版社，2004）頁47

---

6 耶魯是康乃迪克州紐哈芬一間大學的名字。在格羅芙街的墓園可以找到詞典編者韋伯思特與文學理論家韋勒克的墓。

7 耶魯大學擁有Beinecke稀有書與手稿圖書館。在館藏品之中可以看到古登堡聖經。值得注意的是，圖書館由透光的大理石構成，井井有條顯出悠久的傳統。

8 《惱人的憂鬱》出自美國詩人藍思頓・休斯（1902-1967）的詩作。惱人的憂鬱是他出版於1926年第一本詩集的書名，同時也是一首詩的篇名。藍思頓・休斯很多詩作靈感取自爵士樂。《女人的桌子》：這是耶魯大學校園的一座噴泉雕塑。水的迴旋線條對觀者構成多位女人正在安靜求學的造型。

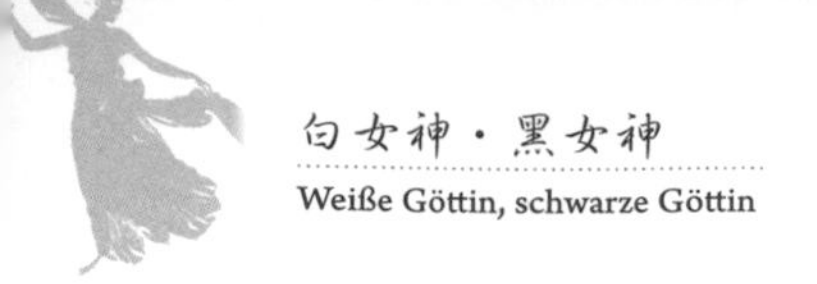

Yale[9]

Someone decides upon a grave
before it is time
amidst Webster and Wellek.
No dictionary, no literary theory,
sharing only the ashes with others
in a strange urn.

Someone remembers her child
those 40 days in the hospital,
the first and only,
or a late death, the emblem
scratched into a slab with heavy blades,
so that earth may have a hold above.

Someone stands in the yard,
sees the last blossom
and demands memories
as if asking for a rare book.

And thus the world was sea-fared,
Gutenberg, Marinetti
a Portuguese sea chart on fabric,
at the end a transparent house of marble.[10]
The tidings are always the same:
We, too, were once fearless warriors

in our careless games.
We remember the women's table,
the last battle.
We drank Gin from wine glasses,
tea in Elizabethan robe.

Now we walk to the Weary Blues
and learn, even cups can be taken out for a stroll.[11]

Tr. by Frederik Green from "Shadow Dancers" (Bonn: Weidle 2004), slightly revised by Kang-I Sun-Chang, Chantelle Tiong and the author.

---

[9] Yale: Name of a university in New Haven, Connecticut. The graves of the editor of Webster dictionary and Wellek the literary theorist are located at the old cemeteries along Grove Street. There is Beinecke Rare *Book and Manuscript Library* in Yale University. Gutenberg bible is among its collection. The library built with transparent marble, has its old trandition revealed neatly. The *Weary Blues* is a poem written by the American poet, Langston Hughes (1902–1967). *Weary Blues* is the title of his first book of poetry published in 1926, which is also title of a poem. Lots of his poetry adopted the ideas of Jazz music. "Table of Women": This is a fountain sculpture in the campus of Yale University. The spiral form of water creates the view as if a group of women is doing their studies in serenity.
"Shadow dancers", Bonn: Weidle Publisher 2004, P. 47, Notes: P. 139f.

[10] This is Beinecke library in New Haven.

[11] Professor Kubin was startled by the American habit of people walking while holding a paper a cup of coffee…In Germany, one takes a minute to sit down and drink that beautiful black beverage from a white porcelain cup or mug.

Yale[12]

Seseorang membuat keputusan untuk pengebumian
sebelum masanya tiba
diantara Webster dan Wellek.
Tanpa kamus, tanpa teori kesusasteraan,
yang berkongsi cuma debu dengan orang lain
dalam sebuah kendi asing.

Seseorang merindui anaknya
yang tingggal di dalam hospital selama 40 hari,
anak yang sulung dan perdana
atau sesuatu kematian yang tertangguh, lambangkan
satu calaran papak dengan bilah yang susah-berat
demi satu pegangan diatas bumi dimuat.

Seseorang berdiri di dalam ela,
menenungi bunga yang terakhir dan
mengingini ingatan, umpama
mengingini sebuah buku yang perdana.

Maka dunia turut belayar,
Gutenberg, Marinetti,
sehelai carta laut Portugal diatas fabrik,
sebuah rumah batu marmar yang telus pada hujungnya.
Air pasang selama-lamanya:
kami pernah berlagak sebagai pahlawan agung juga

di dalam permainan cuai.
Kami mengingati meja wanita,
perjuangan yang terakhir.
Kami minum Gin dengan gelas arak,
minum teh di dalam jubah Elizabeth.

Sekarang kami berjalan kaki ke arah Weary Blues
dan belajar, cawan pun boleh dibawa berjalan-jalan.

Dari koleksi "Penari-penari bayang", Bonn: Penerbit Weidle 2004,
mukasurat 47, Nota: mukasurat 139-

[12] Yale:Nama sebuah universiti di New Haven, Connecticut. Kubur pengarang kamus Webster dan pakar teori kesusasteraan Wellek berada di kawasan perkuburan di Grove Street. Di Universiti Yale terdapat Perpustakaan Manuskript dan buku-buku Perdana. Kitab Injil Gutenberg adalah satu-satu koleksinya. Bangunan perpustakaan itu dibina daripada batu marmar telus, kemas sekali menonjolkan tradisi lamanya. Weary Blues merupakan sebuah puisi tulisan poet Amerika, Langston Hughes (1902–1967). *Weary Blues* juga tajuk buku koleksi puisinya pertama yang diterbitkan pada tahun 1926. Banyak kerja puisinya menyerap unsur muzik Jazz. "Meja wanita-wanita": Skulptur pancaran air di kampus Universiti Yale. Bentuk spiral air mereka pandangan umpama sekumpulan wanita yang belajar dalam ketenangan.

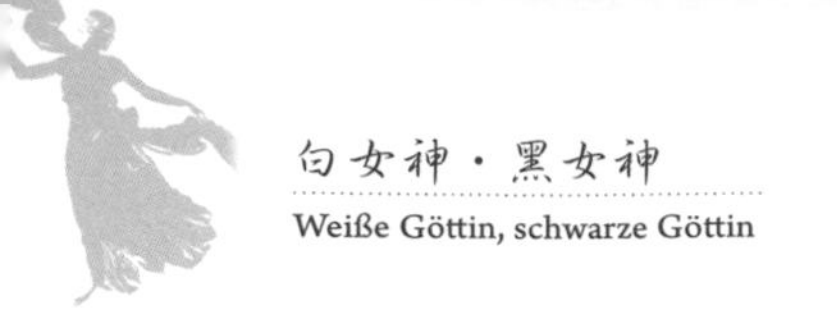

Notizen aus KL[13]

Hüte deinen Fuß in KL, er ist ein Ärgernis.
Hüte ihn, bekleide ihn, laß ihm nichts durchgehen.
Wenn auf den Straßen eine lebendige Frau ihn fragt, wohin er denn gehe,
verhilf ihm zu keiner Antwort: Er hat seinen eigenen Preis.

Er verkauft sich nicht, er stellt auch keine Fragen.
Ob der Meister der roten Kammer fett war oder schlank,
ob ihm die Träume ausgingen, ob er blaue Häuser empfahl,
sei ihm dort und für immer einerlei.

Sein Buch der Liebkosung trägt einen anderen Namen,
das Buch vom südlichen Blütenland.
Eine stumme Frau hütet es, eine Frau auf dem Plakat gegenüber.
Auch sie möchte herabsteigen, auch sie möchte sich dir vermählen.

Sie sieht dich deinen Fuß setzen in die Chinesenstadt
für einen einzigen Tropfen Bambusschnaps,
den du mit niemandem teilst. So ist das Unerlöste
euch eigen, das nicht mehr Bild sein will,

das nicht mehr sich heilen mag an Spiegeln,
das nie mehr fragen will, wer ist wer in welchem Schlaf allein,
das nur gefühlvoll fürchtet, fühllos zu sein,
das den Glühwürmchen am Fluß ihr lichtes Licht neidet.

Eure Uhren stimmen nicht, darum liegen eure Hände luftig aufeinander,
eure Hände aus Fleisch und aus Papier, getrennt durch eine Scheibe,
bis sie aufersteht, die Steinfrau mit dem Steintor,
die Frau gegenüber, die Frau auf dem Plakat.

Sie wird um Verwandlung bitten, doch ihren Fuß hüten.
Er habe zu viele Lasten getragen. Du wirst ihn waschen
zwischen Abend und Morgen und dich erinnern:
Eine Blüte fällt, ein Mensch geht, doch keiner weiß darum.

So ist auch dies euer glückliches, unglückliches Bewusstsein
in KL, wo ihr Wasserflaschen tauscht, um den Mund des anderen zu spüren,
wo ihr Schirme öffnet, um die Hirse und die Sonne aufzufangen,
über euch, wo alles hoch in den Lüften gefangen ist.

[13] KL war die Bezeichnung der Briten für Kuala Lumpur. Außerhalb der Stadt findet sich eine der größten Populationen von Glühwürmchen. Unter den Muslimen von Malaysia gilt es als unschicklich, seine bloßen Füße zu zeigen. Gleichwohl wird man von Frauen auf den Straßen angesprochen. Cao Xueqin, der Verfasser des Romans *Der Traum der roten Kammer* (1792), soll vielleicht vollschlank gewesen sein. Seinen Vers "Eine Blüte fällt..." (hua luo ren wang, liang bu zhi) weiß niemand zu deuten. Blaues Haus, u. a. die chinesische Bezeichnung für ein Haus ästhetischer und sinnlicher Genüsse im alten China. *Das Buch vom südlichen Blütenland* stammt von Zhuang Zi. Zu viele Gefühle sind keine Gefühle, so die chinesische Theorie des Mittelalters. Vom unglücklichen Bewußtsein spricht Hegel. *Buch der Liebkosung*, so Johannes von Neumarkt (um 1310-1380). Mit Hirsekolben bezeichnet der Volksmund die Twin Towers von Kuala Lumpur.

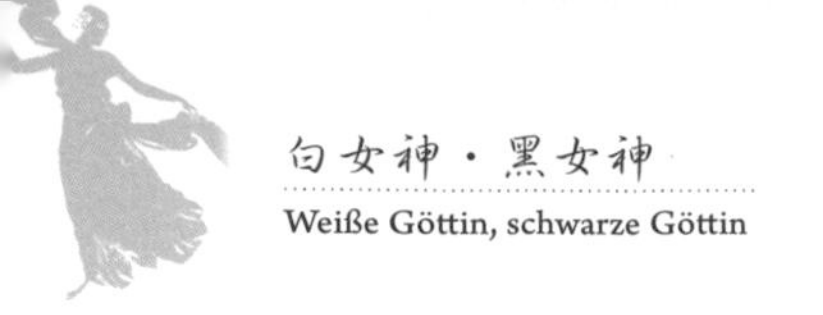

KL[14]筆記

在KL注意你的腳，它讓人不快。
注意它，穿住它，別讓它太隨便。
若一個生動女人街頭問起它，到底去哪，
別替它回答：它自有身價。

它不出售，也不提問。
紅樓文豪是豐腴或消瘦，
夢是否實現，它是否推薦青樓，
它在那裡，一如既往。

其撫愛之書另有別名，
南華真經。
一個安靜女人注意它，對面廣告上的女人。
它也想下來，也想和你結婚。

她注意你踏足唐人街
為了一沾獨特竹葉青，
你所不與人分享的。如此沒有拯救的
是你們都有的：那不想再作為形象的，

那不想通過鏡子治好自身之病的，
那不想再問，獨自睡眠中誰是誰的，
那惟恐情到濃時轉為薄的，
那羨慕螢火蟲在河上放光的。

你們的錶時辰不同，你們的手因而交疊空中，
來自肉體來自紙面你們的手，通過一面薄片分隔，
直到它甦醒，有著石門的石女，
對面的女人，廣告上的女人。

她會要轉變，而注意她的腳。
它穿戴太多纏累。你會洗滌它
在夜晚與早晨之間　而記住：
花落，人亡，兩不知。

你們這些快樂，不快樂意識也如此
在KL，你們在此交換水瓶，以在別人的口留下線索，
你們的傘在此打開，以截取玉米與陽光，
在你們之上，捉住空中一切高度。

[14] KL是英國人給吉隆坡（Kuala Lumpur）的名稱。吉隆坡城外有數量龐大的螢火蟲。在馬來西亞回教徒當中，赤足被認為是不雅的。然而街上的女人卻會向男人搭訕。小說《紅樓夢》（1792）的作者曹雪芹有可能是肥胖的。他的詩行「花落人亡兩不知」意謂無人知覺。青樓，即古中國提供美感與感官享受的房子。《南華真經》為莊子所著。「多情卻是總無情」，中世紀中國人的理論。不快樂意識是黑格爾的說法。《撫愛之書》為約翰・紐馬克（1310-1380）的著作。民間俚語形容吉隆坡雙峰塔為玉蜀黍。

Notes from KL[15]

Watch out your foot in KL, it is an offence.
Look after it, dress it up, don't let it get away with anything.
If a lively woman on the streets ask about it, where it goes then,
do not answer for it: It has its own price.

It sells itself not, it also puts no question.
Whether the master of red chamber was fat or slim,
whether its dream ran out, whether it recommend blues houses,
it does not care, there and forever.

Its book of caress wears another name,
The book of southern flower country.
A dump woman gards over it, a woman on the opposite poster.
She also would like to step down, to get married to you.

She sees you stepping into the China town
for unique bamboo liquor,
which you share with no one. Thus all that is not rescued
is your own: something that does not want to be a picture anymore,

that does not want to heal itself through the help of mirrors,
that does not want to ask anymore, who is who in whose sleep and alone
that only fears for its feelings to have no feelings any more
that envies the fireflies their light light at the river.

Your watches match not, that's why your hands overlapped in air,
Your hands from flesh and from paper, separated through a window pane,
until she gets up, the stonelady with the stonegate,
the lady from the opposite side, the lady on the poster.

She will ask for a change, but gard her feet.
It carried too many loads. You will have it washed
between night and morning, and bear in mind:
a flower fell, a man went away, but noone knows.

So this is also your joyful, and unjoyful consciousness
in KL, where you exchange bottles, in order to feel the mouth of someone else,
where you open umbrellas, in order to have corn and sun caught,
above you where all is caught in the air.

Tr. By the author and Chantelle Tiong

[15] KL was the name given to Kuala Lumpur by the British. Huge population of fireflies found at the countryside of KL. Barefoot is regarded as offensive among Malaysian muslim community. While on the streets there are women approaching men. It is possible that the writer of the novel "Dream of Red Chamber" Cao Xueqin was actually fat, his verse "a flower fell, a man went away, both not known" means noone awares of. Blues Chamber, the house in ancient China which offered aesthetical and sensual enjoyment. "The book of southern flower country" was written by Zhuang Zi. "Too much feelings is no feelings", theory of Chinese people from middle age. "Consciousness of unhappiness" is the saying of Hegel. " Book of Love" by Johannes von Neumarkt (1310-1380). According to the folklore Twin Towers is also called as "corns" after its shape.

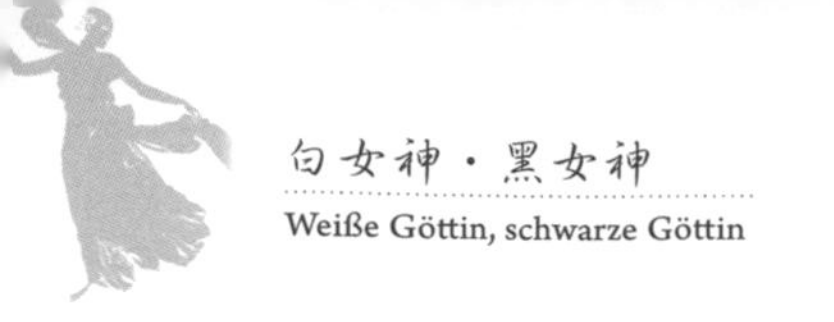

Nota dari KL[16]

Jaga kaki anda di KL, ia merupakan kesalahan.
Jaga dia, bagi dia pakaian, biar dia tak berfoya-foya.
Bila seorang gadis di jalan menanya tentang dia, mana dia pergi,
jangan jawap untuk dia: dia ada harga tersendiri.

Dia tak melelong diri, tak letak juga soalan.
Jikalau tuan Chamber merah gemuk atau kurus,
kalau mimpinya keluar, rumah biru dicadangkan tak,
dia memang disana dan semoga disana.

Buku cintanya mempunyai tajuk yang lain,
iaitu Kitab bunga negeri selatan.
Seorang perempuan diam-diam mendapat-tahuinya, perempuan dari arah bertentangan
diatas iklan. Dia juga nak turut turun, demi anda berkahwin.

Dia memerhati anda masukkan kaki ke Bandar Cina
demi arak buluh hijiau yang unik dicuba,
yang mu tak bahagikan dengan orang. Itu semua yang tidak terselamat
kepunyaan dirimu: yang tak ingin jadi imej saja,

yang tak nak dipulih melalui bantuan cermin,
yang tak soal lagi, siapakah siapa didalam tidur siapa keseorangan,
yang risau jikalau perasaan penuh jadi tidak berperasaan,
yang cemburui kelip-kelip yang berkelip-kelip di atas sungai.

Jam tangan kamu berlainan, sebab itu tangan-tangan berlipatan di udara,
tangan-tangan kamu yang insan, yang dari kertas, diasingkan melalui
kaca yang tipis,
sehingga dia bangun, gadis batu dengan pintu batu,
gadis di arah bertentangan, gadis diatas iklan.

Dia akan ingin berubah, demi kakinya dijaga.
Ia pernah memakai beban yang berat. Anda akan mencucinya
diantara malam dan pagi, dan ingatkan:
Sekuntum bunga tembus, seorang lelaki pergi, kedua-dua tidak
diketahui.

Begitulah kesedaran gembira, dan tidakgembira kamu
di KL, dimana botol-botol air dipertukarkan, moga
kesan ditinggalkan di mulut seorang lagi, dimana payung-payungmu
terbuka,
moga jagung dan matahari ditangkap,
atas mu, dimana semua ditangkap diatas udara.

[16] KL adalah gelaran Kuala Lumpur dari orang British. Di luar bandar KL kemunculan populasi kelip-kelip yang agak besar. Bagi muslim di Malaysia, botak kaki adalah tidak sopan. Namun begitu, terdapat wanita yang cuba bercakap dengan orang lelaki di jalanraya pula. Pengarang novel "Mimpi rumah merah"(1792) Cao Xueqin mungkin seorang si gemuk, garisan puisinya "Sekuntum bunga tembus, seorang lelaki pergi, kedua-dua tidak diketahui" bermakna tiada orang sedar langsung. Rumah biru, tempat yang menawar keselesaan aesthetik dan perasaan pada zaman China klasik. "Kitab bunga negeri selatan" adalah tulisan Zhuang Zi.„ Terlalu berperasaan menjadikan tanpa perasaan "merupakan teori orang Cina zaman pertengahan. Kesedaran tidakgembira adalah fikiran Hegel.„ Buku Cinta" ditulis oleh Johannes von Neumarkt (1310-1380). Mengikut Bahasa pasar tempatan, Twin Towers jugalah "jagung".

Apropos Rosen

——Bei Dao [17]und Zhang Yiping zur Antwort[18]

Ich werde keiner Rose schuldig, ich nicht!
Mag auch vor dem Haus eine gelbe Rose blühen,
eine Rose unbedacht heimgeführt im Topf.
Das fremde Dortmund war ihr unaufgeforderter Spender.

Ich werde keiner Rose schuldig, denn ich diskutiere nicht über Rosen,
nicht in Hongkong und auch nicht in Kuala Lumpur,
nicht in Bonn und niemals in Wien.
Ihr einziger Ort sei der vielen Vasen eine und nimmer der einzelne Vers.

Ich weiß, da spricht jemand von der Rose der Zeit,
ich weiß, da schenkt jemand 26 Rosen wie 26 Lebensjahre und sagt:
Das Grün tut so weh, das Grün vor deinem Haus, das Grün der Rose,
das Grün beim Anflug auf Sarawak, das Grün, das schwindet.

Und ich? Schwinde ich denn nicht? - Du schwindest sehr wohl!
Doch du bist weiß, du bist melancholisch, du bist reich an Jahren.
So bleibst du in deinem Schwinden ein Dichter,
der seinem Schwinden und Entschwinden nicht entkommen mag.

Ist das denn alles schon? Ist da keinesfalls mehr?
Ein anderer erinnert jeden Juni und meint,
darum sind die Blüten so rot. Welche Blüten?
Ich sehe keine roten Blüten vor seinem hohen Haus.

Ich übersetze keine Rose in die Zeit
und auch keine reißende Zeit in eine blätternde Rose.
Das sei anderer Leute Geschäft.
Ich rieche nur an Blättern, eile keiner Minute hinterdrein.

Wenn der Gefühle zu viele sind, sind der Gefühle zu wenig.
Was zuviel ist, schwindet, entschwindet
wie ein Wort, wie eine Stimme, wie das Sein, unser Sein.
Was soll's, so meint man. Ich meine es nicht.

26 Rosen sind ein Schnittgras,
mehr noch als die einzelne Rose der Zeit.
Ich schneide mich, ich erinnere mich:
Die Spur der Rosenblätter verlor sich auf dem Weg zum Flughafen.

Station für Station fiel ein rotes Blatt und beschämte alles Grün der Wälder
so wie ein Gesicht, das schwand oben an der Rolltreppe,
mit Obacht auf ein anderes Gesicht, das schwand im Niedergehen
so willig unwillig, dass auch die letzte Blüte fiel.

---

[17] Von Bei Dao, heute Hongkong, stammt ein Gedicht mit dem Titel "Die Rose der Zeit"

[18] Die chinesischsprachige Autorin Zhang Yiping (Tiong Ee Ping) aus Sarawak (Malaysia), heute in Kuala Lumpur, greift darauf in einem ihrer Werke zurück. *Traurige Wälder* lautet der Titel ihrer letzten Sammlung von Prosastücken (2008), eine Charakterisierung ihrer durch Öl und Holzhandel bedrohten Heimat. "Juni" ist im Werk des Bei Dao eine Anspielung sowohl auf die Kulturrevolution als auch auf den 4. Juni 1989. "Warum sind die Blüten so rot" ist eine chinesische Weise, die zwischen 1966 und 1976 auf dem Festland nicht gesungen werden durfte. Nach traditioneller chinesischer Auffassung, so auch noch bei der Erzählerin Zhang Ailing (1921-1995), schlagen zu viele Gefühle in eine Fühllosigkeit um. – Reißende Zeit, so eine Redeweise des Germanisten Emil Staiger (1908-1987).

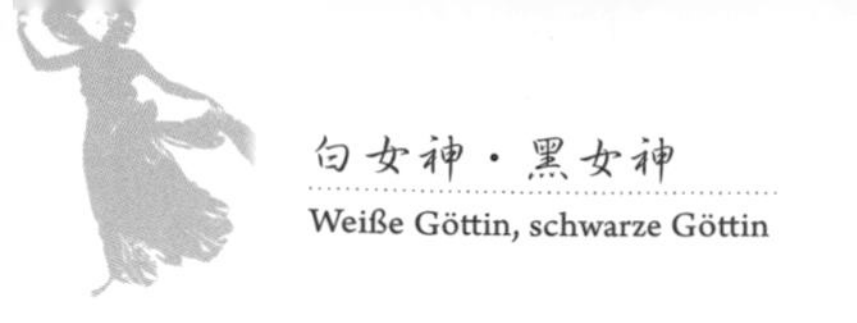

終究玫瑰
——回應北島[19]與張依蘋[20]

我不因玫瑰有罪，不是我！
縱然屋前開放一朵黃色玫瑰，
一盆不經意帶回家的玫瑰。
那是陌生多特蒙不經請求的餽贈。

我不因玫瑰有罪，因我不研究玫瑰，
不在香港不在吉隆坡，
不在波恩更不在維也納。
她只在其中一個花瓶而不在一句詩行。

我知道，有人宣判時間的玫瑰，
我知道，有人以廿六朵玫瑰呈現廿六年　且說：
綠如此疼痛，你屋前之綠，玫瑰之綠，
降落砂拉越之際的綠，那綠，那逐漸消失……

而我？我能否不消失？——你當然會消逝！
究竟你是白，你是憂鬱，你多有年月。

你如此在自身消失之中作為詩人，
那無以脫逃的逐漸消失，會消失……

那是否終結？再沒有或者？
另有一者紀念每個六月　且認為，
花兒為此那麼紅。哪一種花？
我看不到他高房子前開著紅花。

我不將玫瑰翻譯為時間，
也不將撕裂時刻翻譯為凋零玫瑰。
那是別人的事。
我只是聞著花瓣，不緊迫分秒之後。

如果感覺太多，感覺會太少。
太多的是，逐漸消失，會消失……
如一個詞，如聲音，如同存在，我們的存在。
那又如何，人們如是說。那不是我。

廿六朵玫瑰是一把收割的刃草，
比一朵時間的玫瑰更是。
我割傷自己，我自己記得：
開往飛機場的路上，玫瑰花瓣沿途掉落留下痕跡……

從一站到一站剝落一片又一片紅色花瓣，羞赧了森林所有的綠，
彷彿一張臉，消逝在電扶梯之上，
俯瞰著，另一張臉消逝在下墜裡，
如此遊移猶疑，使最後之花也墜落了。

[19] 北島（現居香港）發表過一首以〈時間的玫瑰〉為題的詩。

[20] 來自砂拉越（馬來西亞）的中文女作家張依蘋（現居吉隆坡）在一篇散文引述前者。《哭泣的雨林》是她最新散文集（2008）的書名，刻畫其為石油及木材業所脅的鄉土。北島作品裡的「六月」暗示文化大革命及一九八九年六四事件。「花兒為甚麼那麼紅」是一首一九六六年至一九七六年間在大陸禁唱的歌曲。從中國傳統觀念以及女性小說家張愛玲（1921-1995）身上，顛覆「多情更轉無情」。——「撕裂的年代」，那是日耳曼學家埃米爾・施泰格爾（1908-1987）的術語。

By the way, Roses
——As Answer to Bei Dao[21] and Zhang Yiping[22]

I will never become guilty of a rose, not me!
Even though a yellow rose is blossoming in front of the house,
a rose brought home unmindfully and kept in a pot.
The foreign Dortmund was her unasked donor.

I will never become guilty of a rose,
because I never discuss about roses,
not in Hong Kong and also not in Kuala Lumpur,
not in Bonn and never in Vienna.
Her only place may be one of the many vases and never an individual verse.

I know, there is somebody talks about the rose of time,
I know, somebody presents 26 roses as 26 years and said:
Green is so hurting, the green before your house, the green of the rose,
Green during the landing at Sarawak, the green, the vanishing.

And I? Do I perhaps not vanish?- You are vanishing for sure!
However, you are white, you are melancholic, you are full of years.
So you are still being a poet in your vanishing,
who may not escape his vanishing and leaving.

Is that all finally? Is there not maybe more?
Another person reminds of every June and says,
that's why the blossoms are so red. Which blossoms?
I don't see any red blossoms in front of his high house.

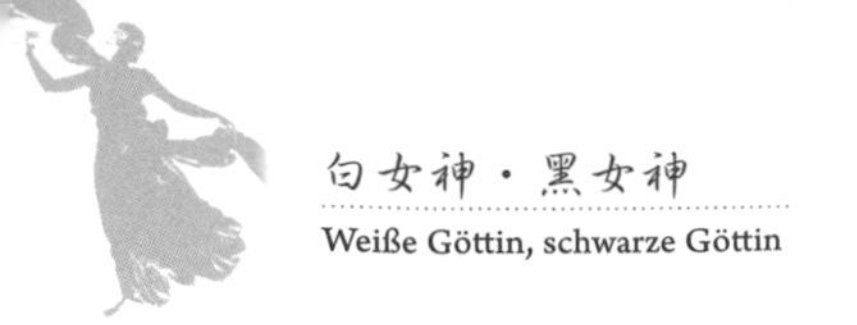

I don't translate Rose into the time
and also the time which sweeps along into a withering rose.
That may be other people's business.
I just take a smell at the petals, don't hurry behind any minute.

If the feelings are too much, there is too little of feelings.
What too much is, is going to vanish, vanish to be
like a word, like a voice, like the existence, our existence.
So what, some people may say. I don't think so.

26 roses are a bunch of scissoredgrass,
more than the one single rose of time.
I hurt myself, I remember:
The trace of the rosepetals falling along the way to airport.

From station to station fell a red petal and embarrassed all green of the forests,
just like a face that vanished above at the escalator,
while looking down on another face, that vanished in going down
so willingly unwilling, that even the last blossom fell.

---

[21] Bei Dao, now in Hongkong, published a poem entitled "The Rose of Time".

[22] The Chinese female author Zhang Yiping (Tiong Ee Ping) from Sarawak (Malaysia), now in Kuala Lumpur, quoted the former in one of her works. *Crying Forests* is the title of her latest collection of Prose (2008), in which she characterizes her homeland [as it is] threatened by Petroleum and Timber business. "June" in Bei Dao's work hint the Cultural Revolution as well as June 4 1989. "Why are the blossoms so red" is a Chinese tune forbidden (to be sung) on Mainland between 1966 and 1976. According to the traditional Chinese understanding, as also found at the female novelist Zhang Ailing (1921-1995), too much feelings will turn into deadheartedness. – Torn Time, is a dictum by the expert of German Studies Emil Staiger (1908-1987).

Walaubagaimanapun, Mawar
——Jawab Bei Dao[23] dan Zhang Yiping[24]

Aku tak berdosa demi bunga mawar, bukan ku!
Walau di depan rumah sekuntum bunga kuning berkembang,
sepasu bunga mawar yang tak sengaja bawa rumah.
Itu buah tangan tanpa minta dari Dortmund asing.

Aku tak berdosa demi bunga mawar, sebab ku tak mengaji mawar,
tiada di Hong Kong, tiada di Kuala Lumpur,
tiada di Bonn dan langsung tiada di Wien.
Ia cuma berada dalam sesuatu jambangan tiada di sesegaris puisi.

Ku tahu, ada orang menghukum bunga mawar masa,
ku tahu, ada orang mempersembahkan duapuluh enam tahun dengan duapuluh enam kuntum bunga mawar, katakan:
Yang hijiau begitu sakit, hijau di depan rumahmu, hijau bunga mawar,
hijau ketika pendaratan atas Sarawak, hijautu, yang sekian hilang tu...

Dan aku? Bolehkah ku tak hilang? —— Mu pasti kan hilang!
Demimu adalah puteh, mu adalah melankoli, mu banyak berumur.
Begitulah mu jadi poet dalam kehilangan sendiri,
kehilangan sikit demi sikit yang tak sanggup lari......

Itukah paling akhir? Tiada yang lain lagi?
Ada seorang lagi mengingati setiap bulan keenam, katakan:
Demi itu bunga jadi merah. Bunga mana?
Aku tak nampak bunga berkembang depan rumah tingginya.

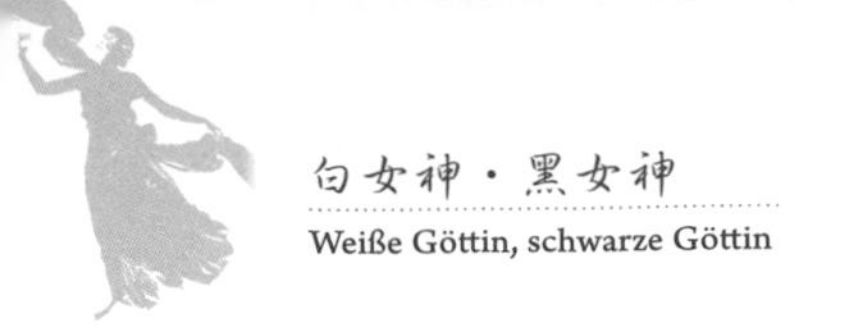

Aku tak terjemahkan mawar kepada masa,
aku tak juga terjemahkan waktu koyak kapada mawar layu.
Itu pasal orang lain.
Ku cuma hidu ranggi bunga, tak kejar di ekor minit saat.

Jikalau rasa terlampau banyak, jadi terlampau sikit rasa.
Yang terlampau banyak adalah sekian hilang, akan hilang......
Umpama suatu perkataan, umpama suatu suara, umpama keadaan, keadaan kita.
Macam mana itupun? Begitulah orang kata. Itu bukan ku.

Duapuluh enam kuntum bunga mawar adalah sebilah lalang pisau,
lebih daripada sekuntum bunga mawar masa.
Ku cederakan diri, ku sendiri tahu:
Dalam perjalanan ke lapangan kapalterbang, ranggi mawar terjatuh sepanjang jalan tinggalkan kesan......

Dari station ke station tunggalkan satu demi satu ranggi merah,
malukan hijau seluruh hutan,
umpama sebuah muka, yang hilang di atas eskalator,
menengok ke bawah, sebuah muka lagi yang hilang ke dalam penurunan,
begitulah mengembara dan mengkhuatiri, jadi bunga terakhir jatuh jua.

---

[23] "Masa mawar" adalah sebuah puisi tulisan pemuisi China Bei Dao, yang kini tinggal di Hongkong.

[24] Pengarang perempuan Zhang Yiping (Tiong Ee Ping) asal Sarawak (Malaysia), kini tinggal di Kuala Lumpur, mengubahsuaikan tema tersebut dijadikan tajuk sebuah eseinya. *Tangisan Hutan* tajuk bukunya terbaru(2008), diantara kandungannya, Zhang mengukiri keadaan tempat asalnya yang diancami perniagaan kayu balak dan petroleum. Bulan Jun dalam tulisan Bei Dao membayangkan revolusi kebudayaan dan juga 4 Jun 1989. "Kenapa bunga begitu merah" sebuah lagu Cina yang diharam antara tahun 1966 dan 1976. Mengikuti fikiran Cina traditional, dan juga terdapat dalam kerja pengarang novel Zhang Ailing (1921-1995), terlalu banyak perasaan jadikan tidak berperasaan. – Waktu koyak, suatu fikiran pakar kajian Jerman Emil Staiger (1908-1987).

Lacrimae mundi

Abschiede sind aus Abschieden gemacht,
aus alter Kunde und neuer Fahrt.
Du sagst, wie tief führt hier der Wald
von Augustusburg nach Falkenlust![25]

Heute trägst du leicht an deinen Tränen,
heute trage ich schwer an meinem Mut.
Was ist unser Quartier?
Wir hören von Quartieren, die blau sind, grün oder gelb.
Andere leben in bunten Farben, lassen sich erhitzen,
lassen sich erkalten.

Wir hören auch vom Sommer oder Winter als Bleibe.
Laß andere die Jahreszeiten bewohnen,
sie sind uns kein voreiliger Schutz.
Ich bedenke den August,
wie er Herbst sein mag vor der Stunde.
Er tut es dem Marmor nach,
der gen Himmel verblasst.

Ich sage, der Marmor ist parteiisch im Treppenaufgang.
Dem Chinesen bleibt nur ein Kniefall in der Nische,
dem Drachen sein wendiges Haupt.
Du sagst, die Säulen sind aus Tränen gemacht,
sie schützen den Himmel vor der Erde.

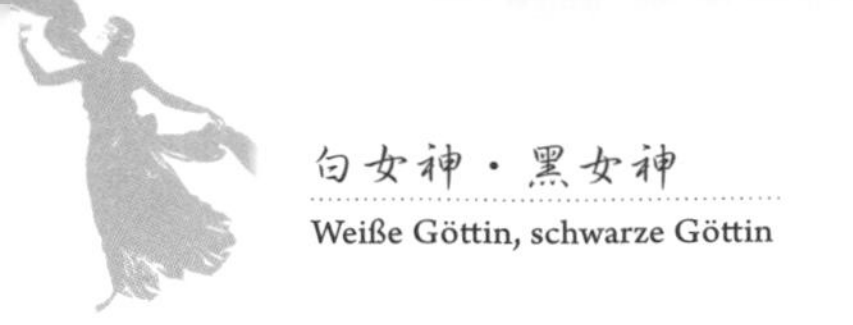

Der Himmel von Augustusburg ist eine optische Täuschung,
heißt es bei Aufgang und Niedergang.
Er ist ein flacher Stein, von Tränen einst beseelt.
Nun dankt er seine Schuld
durch Rinnsale oben an der Wand.
Darum mache das Wasser hier krank,
es öffne Auge und Ohr.

Darum sind wir auf weiter Fahrt,
suchen nicht Wasser, nicht Stein.
Wir wollen fragen,
ist nur er nicht aus Tränen gemacht,
der Wald, der sich über uns schließt,
der sein Wurzelwerk unter uns öffnet?

So raune denn, raune:
Ihm entflog einst der Falke,
der das Hab und Gut der Lüfte
lustvoll zu Boden zwang.

Aus dem Gedichtband *Lacrimae mundi. Gedichte,* mit einem Nachwort von Helmuth A. Niederle, Wien: Lehner 2008 (= Edition Milo; 14), S.130-131.

[25] Die Schloßanlage von Brühl, zwischen Bonn und Köln gelegen, besteht aus Augustusburg und Falkenlust. Berühmt ist der Treppenaufgang von Augustusburg mit seinen Marmorsäulen und mit seiner Himmelskuppel. Von den Chinoiserien des 18. Jahrhunderts sind hie und da noch Skulpturen, Malereien etc. erhalten geblieben. Die Verbindung von Träne und Stein ist Thema des chinesischen Romans Der Traum der Roten Kammer (1792).

世界的眼淚

離別來自告別，
來自舊消息和新旅程。
你說，森林帶我們到多深
從奧古斯都堡到獵鷹宮！[26]

如今你輕易落淚，
而今我承受沉重憂鬱。
我們的住所為何？
我們聽到城堡寓所，藍色、綠色或黃色。
別人生活在彩色裡，就讓他們變熱，
或變冷。

我們也聽到夏冬作為居所。
就讓別人居住季節裡，
對於我們，它們並非早來護庇之所。
我思忖八月，
想它在時辰之前思慕秋天，
像那大理石，
向天空生長逐漸消失。

我說，大理石樓梯彷彿起伏，
像中國人在壁龕磕頭，
龍有著靈巧的頭。
你說，圓柱是淚水做的，
它們向大地守護天空。

上下之間
奧古斯都堡的天是眼之幻像。
那是一塊平面石頭，曾一次被淚水喚活。
而今牆上流淌著水
進行著償還。
這水因此可以致病
使人耳聰目明。

而我們繼續漫長路途，
不尋找水與石。
我們要問，
這一切不就是淚做的？
那森林，在我們之上合攏，
在我們之下全然伸展根部？

且細語，低低細語：
一旦鷹掙脫上揚，
將喜悅地挾著獵物
自空中俯衝地面。

作者與張依蘋譯自《世界的眼淚》（海默・A・涅德樂作跋）
（維也納：Lehner出版社，2008）頁130-131

[26] 波恩與科隆之間的布呂爾城堡範圍包含奧古斯都堡和獵鷹宮。最聞名的是有著大理石柱子和拱頂的奧古斯都堡。十八世紀的中國系列文物如雕塑、繪畫還保藏在一些角落。淚與石頭的關係是中國小說《紅樓夢》（1792）的主題。

Tears of the World

Farewells are made of farewell,
of the old news and new journey.
You say, how deep here to the woods
from Augustusburg to Falkenlust![27]

Today you bear your tears easily,
today I bear heavily my mood.
What is our quarter?
We hear of quarters, blue, green or yellow.
The others live in colours, let them be heaten,
be frozen.

We also hear of summer or winter as places to stay.
Let the others dwell in the seasons,
they are no early shelter for us.
I think of August,
How it wants to be harvest before its time comes.
It is like the marble,
fading away towards heaven.

I say, the marble is prejudice on staircases.
The Chinese is only left with prostration in the niche,
the dragon with his nimble head.
You say, the columns are made of tears,
they shelter the sky from the earth.

The sky of Augustusburg is an optical illusion,
one is told walking up and down the steps.
It is a flat stone, once given a soul by tears.
It thinks to make up its guilt
through the stream at the top of the wall.
That is why the water here makes sick,
opens eyes and ears.

That is why we are of further journey,
search not water nor stone.
We will ask,
is only this not made of tears,
the woods, which cover over us,
which opens its roots under us?

So murmur then, murmur:
Once the eagle flew out of the woods,
which pressed the air of the belongings,
enthusiastically unto the ground.

Tr. By the author and Chantelle Tiong from "Lacrimae mundi" with an afterword written by Helmuth A. Niederle (Vienna: Lehner 2008), Page 130-131.

[27] The Brühl Castle located in between Bonn and Cologne covers the compound of Augustusburg and Falkenlust. Augustusburg is famous for its staircases with marble column and dome. There are sculptures and paintings among the relics from eighteenth century China. The relation of tears and stone is the theme of Chinese novel entitled "Dream of Red Chamber" (1792).

Air Mata Dunia

Selamat Tinggal dibuat daripada Selamat Tinggal!,
dari khabar lama dan perjalanan baru.
Mu kata, betapa dalam sini ke hutan
dari Augustusburg ke Falkenlust![28]

Hari ni mu bawa air mata begitu mudah,
hari ni ku terbeban hati begini berat.
Apakah Quarter kita?
Kami dengar tentang Quarter, biru, hijau atau kuning.
Orang lain tinggal di dalam warna-warni, biarlah mereka jadi hangat,
jadi dingin.

Kami dengar juga tentang musim panas atau sejuk sebagai tempat.
Biarlah orang lain tinggal di musim-musim,
mereka bukan perlindungan kami yang sampai awal.
Ku fikirkan August,
bagaimana ia ingin jadi sudahjadi sebelum masanya.
Bagaikan batu marmar,
sekian hilang ke arah langit.

Ku kata, batu marmar disalahfaham diatas tangga.
Orang Cina tinggal hanya didepan tempat pujaan,
naga yang berkepala jenaka.
Mu kata, lajur diperbuat daripada air mata,
mereka melindungi langit dari bumi.

Langit Augustusburg merupakan suatu illusi mata,
yang menyuruh orang mendaki dan menurun.
Ianya sebuah batu rata, yang pernah diberi nyawa oleh air mata.
Ia ingin membetulkan salahnya
dengan saliran diatas dinding.
Maka air disini membolehkan sakit,
membuka mata dan telinga.

Maka kami turut melanjutkan perjalanan,
mencari bukan air atau batu.
Kami akan tanya,
ini sajakah yang bukan dari air mata,
hutan yang menutup diatas kami,
yang membuka akarnya dibawah kami?

Dan berbisik, asyik berbisik:
Seakan burung helang terbang sekaligus,
turut menekan kepunyaannya dari udara
penuh berminat ke dalam tanah.

Terjemahan dari "Lacrimae mundi" dengan Lepaskata ditulis oleh Helmuth A. Niederle (Vienna: Lehner 2008), muka surat 130-131.

[28] Lingkungan Kubu Brühl yang meliputi Bonn und Kologne termasuk Augustusburg dan Falkenlust. Yang terkenal adalah tangga Augustusburg dengan tiang diperbuat batu marmar dan langit berbentuk setengah bulatan.Di sana terjumpa juga seni ukir dan lukisan siri koleksi Cina dari abad ke18. Hubungan air mata dan batu merupakan tema novel Cina yang bertajuk „Mimpi Rumah merah"(1792).

Jedesmal danach

Jedesmal danach wäschst du mich fort
von dir, damit einzig sei und allein
deine Haut unter der Dusche.
Jedesmal danach sagst du,
liebe ein wenig weniger
und hasse ein wenig mehr.
Jedesmal danach bewahre ich
deine feuchten Spuren auf mir
und flehe, stoße nicht,
was zu fallen vorgibt.
Jedesmal danach sind auch wir
kein Leib auf Dauer,
permanent ist nur die Differenz
von Lager und Bett, du allein mit dir
und ich gesellig mit fremdem Geruch,
und wieder langt keine Hand
von Tür zu Tür,
um fest zu halten, was tatsächlich fällt.

Wer also bin ich mir am Morgen,
so unstet in fremden Schlaf gekleidet?
Daß ich nicht mehr sagen kann,
dies ist mein Leib,
nimm und iß, was ich einmal war an mir.

Wer also betritt mit wem den Tag,
und wer bleibst du ohne mich?

Jedesmal danach die alte Mahnung
“Paß auf dich auf, gib acht auf dich!”.
Nach wem also schau ich in mir
jedesmal danach?
Ich trage dich über den Tag,
damit auch du daheim bist am Abend,
wenn ich wiederkomme mit dir.
Zu viele gehen verloren
auf unseren Wegen
zwischen Bad und Büro.
Wenn nichts bleibt jedesmal danach,
ist keine Bleibe die letzte, die sagt,
dies waren einmal du und ich
jedesmal danach.

Aus dem Gedichtband Narrentürme, mit einem Nachwort von Bei Dao,
Bonn: Weidle Verlag 2002, S. 67-68.

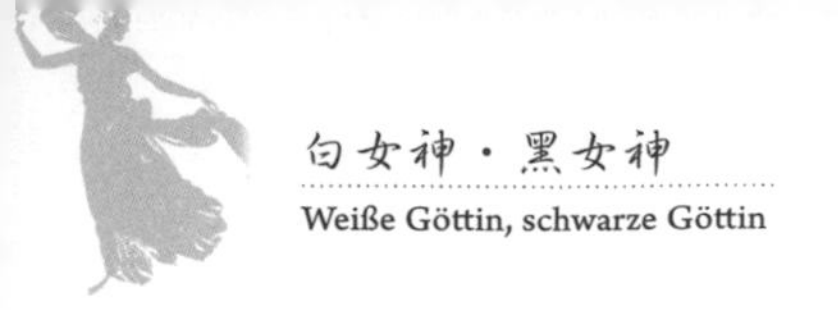

每次之後

每次之後　你把我從你身上洗掉，
你淋浴下的皮膚
因單獨而獨特。
每次之後　你說：
你應愛少一點
而恨多一點。
每次之後　我保留
我身上你的水跡
並哀求，別推進
那似乎墜落的……
每次之後　我們也
不是永恆的一體，
永久的只是床位與床
的分別，你獨自一人
而我與陌生氣味交往，
而再次沒有伸手
從門到門，
去堅持，那正在倒下的……

而今早晨我是誰，
裹在陌生的睡眠裡顫悚？

我再說不出，
這是我的身體，
拿著吃，我自身一次成了的事。
誰將與誰進入白日，
沒有我的你　是誰？

每次之後的一再提醒
「你多保重！」
我將在自己裡面看見誰
每次之後？
我披戴你度過白日，
以便你晚間也在家，
當我與你回來。
太多消失
在我們浴室與辦公室之間
的路上。
如果　每次之後　留下的是空無
那是無　我們居留的最後之所　它說
這曾一次是你和我
每次之後

作者與張依蘋譯自《愚人塔》（北島作跋）
（波恩：Weidle出版社，2002）頁67-68

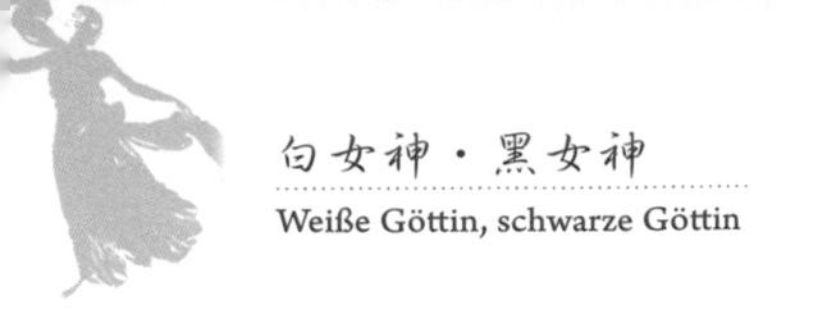

Everytime after

Everytime after, you wash me away
from you, in order that alone
your skin should be unique under the shower.
Everytime after you say,
love a bit less
and hate a bit more.
Everytime after I preserve
your wet traces on me
and plead, don't push,
what pretends to be falling.
Everytime after also we are
not one body for ever,
permanent is only the difference
of camp and bed, you alone with yourself
and I socialize with a foreign smell,
and again no hand stretched
from door to door,
to keep from falling what is really falling down.

Who am I now in the morning for myself,
so restlessly wrapped in foreign sleep?
That I can no longer say,
this is my body,
take and eat, what I had once been for myself.

So with whom, who enters the day,
and who do you remain without me?

Everytime after the old reminder
"Keep well, take care!"
After whom then I look into myself
everytime after?
I wear you across the day,
so that you too are at home in the night,
when I come back with you.
Too many get lost
on our ways
between bathroom and office.
If nothing stays everytime after,
then there is no place to stay, the last one, which says,
this was once you and me
everytime after.

Tr. By the author and Chantelle Tiong from "Towers of Fools"
(with an afterword written by Bei Dao) (Bonn: Weidle 2002), Page 67-68.

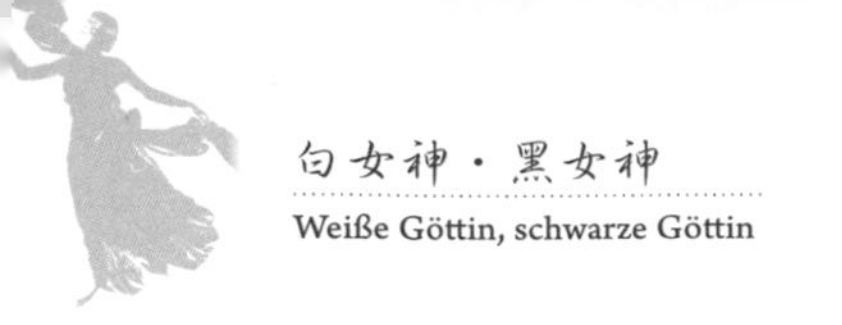

Selepas setiap kali

Selepas setiap kali mu cuciku
darimu, demi keseorangan
kulitmu unik dibawah pemandi.
Katamu selepas setiap kali,
cinta harus dikurangkan
dan benci ditambahkan.
Selepas setiap kali ku simpan
kebasahanmu atasku
dan meminta, jangan tolak,
sesuatu yang pura-pura terjatuh.
Selepas setiap kali juga kami
bukan satu badan selama-lamanya,
yang lama cuma perbezaan
diantara kem dan katil, mu bersendirian denganmu
dan ku bersosial dengan nafas asing,
dan sekali lagi tanpa tangan meregang
dari pintu ke pintu
demi menyokong sesuatu yang benar-benar terjatuh.

Siapaku kini di dalam pagi bersendirian,
begitu gelisah tergulung di dalam tidur asing?
Maka ku tak sempat berkata lagi,
ini badan aku,
bawa dan makan, yang sekali ku menjadikan pada diri sendiri.

Jadi siapa dengan siapa yang masuk ke dalam siang,
siapamu tanpa aku?

Selepas setiap kali ingatan yang lama
"jaga baik-baik, jaga diri sendiri!"
Akan siapapun aku jumpa didalam diri sendiri
selepas setiap kali?
Ku bawamu sepanjang hari,
moga mu juga berada di rumah pada waktu malam,
waktu ku balik bersama mu.
Terlalu banyak yang terjumpa hilang
dalam perjalanan kita
diantara bilik air dan pejabat.
Jikalau tiada yang berada selepas setiap kali,
maka tiada tempat yang berada terakhirnya, ia berkata,
ini pernah sekali menjadi mu dan ku
selepas setiap kali.

Terjemahan dari "Menara Tolol"(dengan Lepaskata yang ditulis oleh Bei Dao)
(Bonn: Weidle 2002), muka surat 67-68.

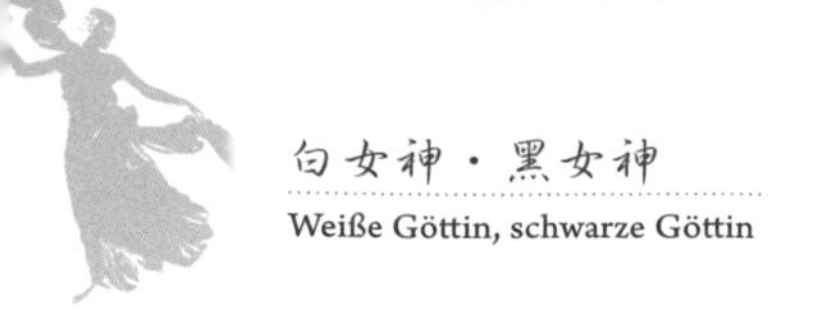

Das neue Lied von der alten Verzweiflung

Bitte
keine Nachrichten mehr
von Krieg und Vertreibung.
Wir sind wehleidig genug.
Auch grundlos vergießen wir Tränen,
nicht allein bei Häutung, Schlachtung
oder Speisung der Zehntausend
mit eigenem Fleisch.

Bitte
nichts mehr von Todesspringern,
von Weltenbrand und Depression.
Wir ziehen das Nichts vor,
vor dem Leben und nach dem Tod,
vor dem Zweifel und nach der Verzweiflung.

Bitte
keine Fragen mehr nach Sinn und Verstand.
Ein Stein ist glücklicher,
eine Wolke und ihr Luftzug.

Wenn nicht ungeboren oder überlebt,
möchten zungenlos wir sein
ohne Auge und Ohr.

Aus dem Gedichtband *Das neue Lied von der alten Verzweiflung. Gedichte,* mit einem Nachwort von Joachim Sartorius, Bonn: Weidle 2004.S.107.

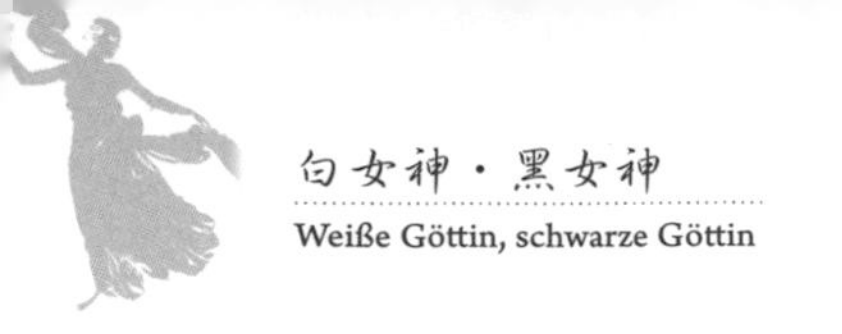

新離騷

——新詩，來自絕望的辭

別提
那些戰爭與放逐
悲傷已經足夠
不僅為那剝皮　宰殺
或是　以個別肉身
餵食十千人
無故　我們尚且落淚

別再提起
那跳樓
那些末日和憂鬱
我們選擇空無
生前與死後
疑惑之前　絕望之後

別再追問
關於邏輯與理性
一塊石更幸福
一片雲　風

若非未生　或是倖存
我們寧願無舌
無眼無耳

作者與張依蘋譯自《新離騷》（約・薩托略作跋）
（波恩：Weidle出版社，2000）頁107

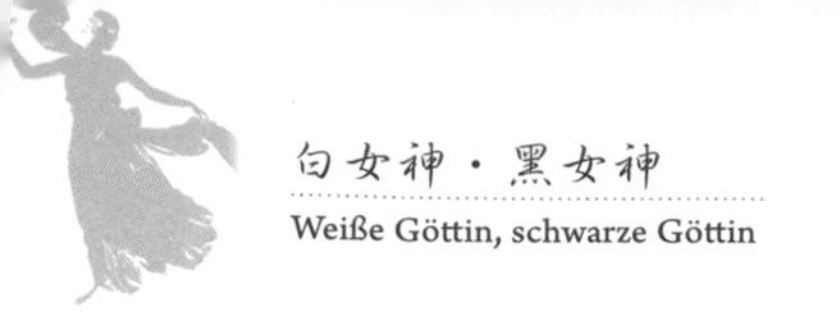

A New song of old despair

Please,
no more news
of war and expulsion.
We are hypochondriac enough.
Leave alone peeling, butchering
or feeding ten thousands
with one's own flesh,
we shed tears even without reason.

Please,
no more about suicide jumping,
no more about apocalypse and depression.
We prefer nothingness,
before life and after death,
before doubt and after despair.

Please,
no more questions about meaning and reason.
More blessed is a stone,
a cloud and its breeze.

If not unborn or survived,
we rather be without tongue,
without eye and without ear.

Tr. by the author and Chantelle Tiong from the collection "A New Song about Old Despair" with an afterword written by Joachim Sartorius (Bonn: Weidle 2000) , Page 107.

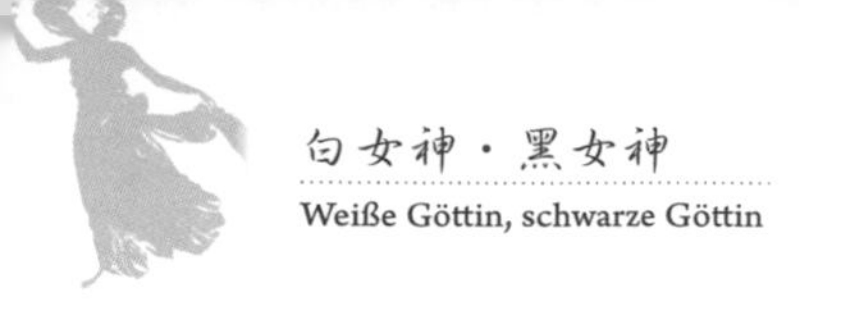

Lagu Baru dari Kekecewaan Lama

Sila
tiada lagi bual-bual
tentang peperangan dan pengusiran.
Kami dah cukup seksa hati.
tiada sebab pula kami menangis,
biarlah pengupasan, penyembelihan
atau penyuapan sepuluh ribu
dengan daging seseorang sendiri.

Sila
tiada lagi penerjunan maut
dari hari akhirat dan depression.
Kami pilih ketidak-apa-apaan,
sebelum hidup dan selepas mati,
sebelum keraguan dan selepas kekecewaan.

Sila
tiada soal lagi tentang makna dan pemikiran.
Yang lebih bahagia adalah sebuah batu,
sekuntum awan dan bayunya.

Kalau bukan tergugur hidup atau terselamat,
kami ingin tanpa lidah,
tanpa mata dan tanpa telinga.

Terjemahan dari koleksi “Lagu Baru dari Kekecewaan Lama ”
dengan Lepaskata yang ditulis oleh Joachim Sartorius
(Bonn: Penerbit Weidle, 2000) , mukasurat 107.

白部

Madison aus der Luft und von der Erde
——Für Bill und Judith Nienhauser

Von oben das kleine verschüttete Licht,
das Land geviertelt in Eis und Schnee.
So vorstellbar der Mai
mit den letzten, ersten Flocken,
und der Herbst mit dem einen weißen Blatt,
das alles Weiß ins Weiß kehrt
und so schnell enteilt,
als käme er in Geschäften.
Zwischen dem einen und dem anderen Schnee
war ein Linsengericht,
ein roter Wein,
derweil wir die Welt
durch chinesische Stäbe schauten
und das Jahr nur kannten
in seinen Möglichkeiten
mit Blick auf einen japanischen Garten.
Der lag so hoch auf dem Balkon,
und wir sahen so tief,
bis die Seen wiederkehrten
auf ein kurzes Grün.

November,
das meinte Winter, uneinholbar,

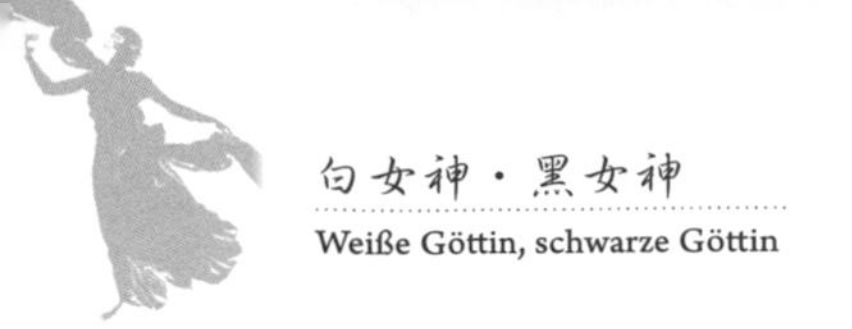

den Winter des Radios
mit konzentriertem Licht
und einem Geviert aus Metall und Membran.
Das Versprechen war groß,
jeden Tag Heimat yu sein
für soviel Musik.

Aus dem Gedichtband *Das neue Lied von der alten Verzweiflung.* S. 78.

陌地生來自天與地
——給彼爾及茱蒂・倪豪士

從天空俯瞰那微光，
那地，四分之一覆蓋冰雪。
如此輕易想像五月
以最後，最初的雪花，
想像秋天，以某片白色葉子，
那將一切白變成白
繼而迅速消翳的，
彷彿它有事兒。
在一片雪和另一片雪之間的
曾經是一份扁豆餐，
一瓶紅酒，
同時我們觀望世界
通過中國窗戶
且辨認年歲的可能性
以落在日本花園的目光。
那花園懸得這麼高，
我們看得那麼深，
直到海洋出現
在短暫的綠意之上。

十一月，
那意味著冬天，已無從爭論的，
冬天的無線廣播
以聚光燈
以及一座金屬膜片方形。
那諾言曾經盛大
「就音樂而論
每一天都在家鄉[29]」

作者與張依蘋譯自《新離騷》頁78

[29] 詩人在麥迪遜期間聽到某個廣播電臺無時無刻不在播報：（我們是）「古典音樂之家」。

Madison from the Heaven and Earth
——For Bill und Judith Nienhauser

From a bird view the spilled lights,
the land, covered quarterly by ice and snow.
So foreseeable May
with the latest, the first flakes,
and the fall with the white leaf,
which turns all the white into white
and is fast vanishing,
as if it's got business.
Between one and the other snow,
was once a dish of lentil,
a bottle of red wine,
while we looked at the world
through Chinese bars
and only recognized the year
in its possibilities
with glance fell upon the Japanese garden.
It hung so high on the balcony,
and we saw so deeply,
until the lakes returned
for a short period of green.

November,
that meant Winter, undoubtedly,

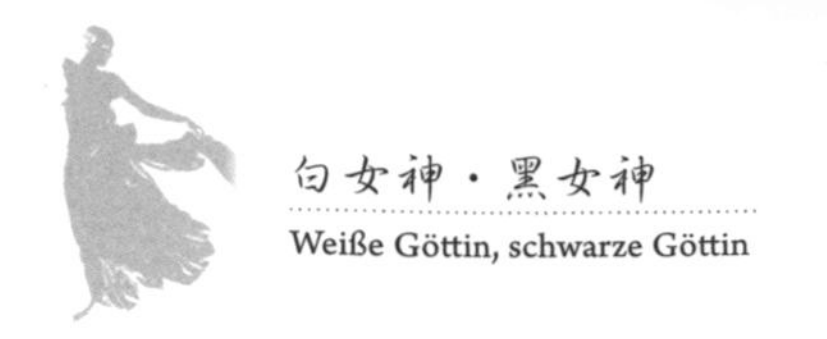

the winter of radio
with concentrated light
and a rectangular of metal and membrane.
The promise was great,
everyday to be the home
for so much music.

Tr. By the author and Chantelle Tiong from "A New Song about Old Despair", Page 78.

Madison dari Langit dan Tanah

——Kepada Bill und Judith Nienhauser

Dari langit nampak cahaya yang tumpah,
tanah yang diliputi sukuan ais dan salji.
Begitu terlihat bulan Mei
dengan emping terakhir, terawal,
dan musim luruh dengan sehelai daun putih,
yang memusingkan putih jadi putih sekaligus
dan cepat tercair,
umpama ia amat sibuk.
Antara sekeping salji dan sekeping lagi,
pernah ada satu hidangan lentil,
sebotol arak merah,
maka kami menampak dunia
melalui tingkap Cina
dan mengenali tahun hanya
dalam kemungkinannya
dengan pandangan diletak atas Taman Jepun.
Ia tergantung amat tinggi di balkoni,
dan kami memandang secara amat mendalam,
sampai tasik dipusingbalik
untuk suatu tempoh hijau singkat.

November,
yang bermakna musim sejuk, tanpa soal,

musim sejuk siaran radio
dengan lampu tumpuan
serta sebuah segiempat panjang buatan logam dan membran.
Janji pernahlah agung,
demi muzik
setiap hari berada di rumah.

Terjemahan dari koleksi "Lagu Baru dari Kekecewaan Lama ",
muka surat 78.

Du bringst das Licht
——Einfache Variationen über alte Themen

I (In den Acht Pässen)[30]

Nein, sie findet den Weg nicht,
sie findet den Weg nicht
zwischen den Acht Pässen.

Zwischen den Acht Pässen
ist ein Paß zu wenig,
zwischen zwei Lieben
ist eine Liebe zu viel.

Darum findet sie den Weg nicht,
sie findet den Weg nicht
zwischen den Acht Pässen.

II (Eine Café-Weisheit)

Die Göttin[31] kämmt ihr Haar.
Sie kämmt es nicht in den hohen Bergen,
sie kämmt es in einem schmalen Café.

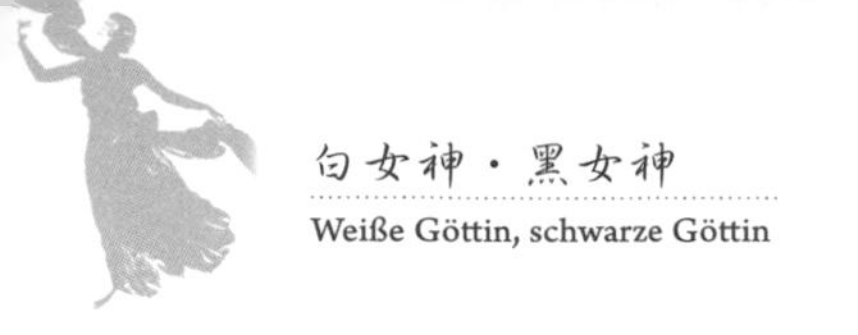

Die Göttin hat einen Grund,
sie hat den Grund aller Gründe.
Sie vergaß, sie vergaß auf ihr Aussehen
in den Wolken.

In einem tiefen Café aber, sagt sie,
ist das Aussehen einer Frau von Stand
sehr wichtig.

III (Du bringst das Licht)

Du bringst das Licht,
eine Lampe aus dem Kaufhaus.
Ich bringe die Daten der Welt
in handlicher Form.

So und nicht anders
tauschen auch wir uns aus
hier und jetzt.

Du gehst nach dem Handel und Wandel
mit meinem Leib,
der zählt, erzählt vergangene Dinge.

Ich bleibe bei Apfelrest und Apfelkern,
befrage den matten Glanz im Schein:

Wie viel uns noch zu lassen bleibt,
wenn wir einander weiter lassen.

Aus dem noch unveröffentlichten Gedichtband Das *Dorf der singenden Fische.*

[30] Die Acht Pässe sind ein von Deutschen und Japanern in Tsingtau (Qingdao) hint[illegible]enes Villenviertel, das auf einer Anhöhe am Meer liegt und durch seine nach [illegible]en Pässen benannten, unregelmässig verlaufenen Straßen die Orientierung ver[illegible]

[31] Der Legende nach soll dem König von Chu im Tra[illegible] Göttin des [illegible] und zu Willen gewesen sein. Song Yu (etwa 290-[illegible]et da[illegible] “poetischen Beschreibung von der Gaotang-Sch[illegible] Jangtse.

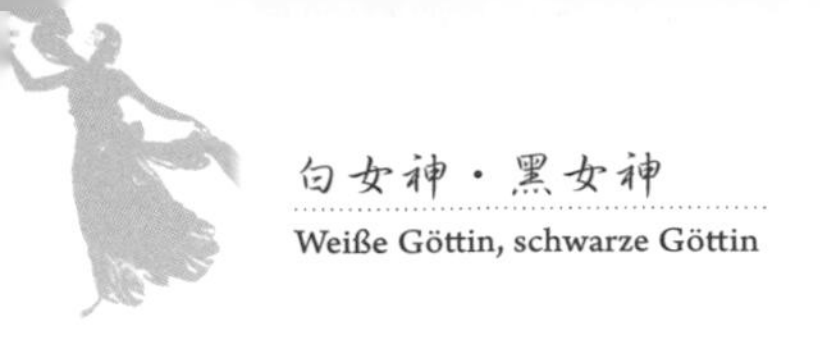

你帶來光
——古老主題的簡單變奏

I（在八大關[32]之間）

不，她沒有找到路，
她沒有找到路，
在八大關之間。

在八大關之間
一條路太少，
在兩個愛之間
一個愛太多。

因此她沒有找到路，
她沒有找到路
在八大關之間。

II（咖啡屋智慧）

女神[33]梳她的頭髮。

不在高高的山裡，
在一間窄窄咖啡座。

女神有一個理由，
她有所有理由的理由：
她忘記，她忘記她的樣子
在雲裡。

在一間深深咖啡座她說，然而
高尚女人的模樣
是否這麼重要。

III（你帶來光）

你帶來光
來自百貨大樓一盞燈
我帶來世界真相
輕便包裝

就這樣
我們交換彼此
此時此地。

你在交易與交流之後離去
帶走我的身體
那數算著，那敘述著過往事物。

我留著蘋果遺骸和種子
問明亮裡的餘輝：

還留下多少我們
當我們繼續留下彼此

作者與張依蘋譯自《魚鳴村》[34]（2008，未發表）

[32] 八大關：上世紀初德國人和日本人在（中國）青島所建立的一處住宅區。

[33] 根據中國詩人宋玉（公元前290-223），（古代中國）楚王曾經夢到巫山的神女而成為她的情人。

[34] 魚鳴嘴為居住北京的詩人王家新的妻子的家鄉。兩人曾介紹顧彬到村裡遊玩。

You Bring the Light
——Simple variations of ancient topics

I (Within the Eight Passes)[35]

No, she does not find her way,
she does not find the way
between the Eight Passes.

Between the Eight Passes
there is too few one pass,
between two loves
there is too much one love.

That is why she does not find her way,
she does not find the way
between the Eight Passes.

II (Coffee house wisdom)

The goddess[36] combs her hair.
She does not comb it in the high mountains,
she combs it in a narrow café.

The goddess has a reason.
She has the reason of all reasons:
She forgot, she forgot her appearance
in the clouds.

In a deep café, however, she says
is the appearance of a noble woman
so much important.

III (You bring the Light)

You bring the light,
a lamp from the department store.
I bring the facts of the world
easy to handle.

This is also the way
how we swop each other
here and now.

You leave after this trade and traffic
taking with you the body of mine
that counts, that narrates things of the past.

I stay with the rest of an apple and its pip
and ask the dim glance in the light:

How much will remain that can be left by us,
when we go on leaving each other further and further.

Tr. by the author and Chantelle Tiong from "The Village of Singing Fish"
(2008, unpublished).

[35] Eight Passes: name of a residential area built by Germans and Japanese in Qingdao (China) the beginning of last century.

[36] According to the Chinese poet Song Yu (290-223BC) a king of the state Chu (in ancient China) once met the goddess of the Wu Mountain in a dream and became her lover.

Kamu bawa Cahaya

——Variasi mudah atas Tema lama

I (Di dalam linagkungan Lapan Laluan)[37]

Tiada, dia jumpa jalan tak,
dia jumpa jalan tak
antara Lapan Laluan.

Satu jalan terlalu kurang
antara Lapan Laluan,
satu cinta terlalu banyak
antara dua cinta.

Maka dia jumpa jalan tak,
dia jumpa jalan tak
antara Lapan Laluan.

II (Kecerdikan rumah kopi)

Dewi sikat rambutnya.
Dia tidak [38]sikat rambut di gunung tinggi,
Dia sikat rambut di sebuah café sempit.

Dewi ada satu pendapat,
dia berpendapat atas semua pendapat.
Dia lupa, dia lupa rupanya
di dalam awan.

Namun dalam sebuah café dalaman, dia berkata,
rupa seseorang wanita mulia
begitu pentingkah.

III (Mu bawa Cahaya)

Mu bawa Cahaya,
sebuah lampu dari kedai.
Ku bawa fakta dunia
dalam bentuk senang.

Begitulah kami
menjalinkan pertukaran
sini dan kini.

Mu pergi selepas niaga dan urusan
dengan badan ku,
itulah cerita, menceritakan hal lepas.

Ku tinggal sama tinggalan epal dan bijinya,
tanya tentang kerlingan malap di dalam cahaya:

Betapa banyak tinggalan akan masih tinggal,
jikalau kita turut meninggalkan sesama sendiri.

Dari koleksi "Kampung Ikan menyanyi" yang akan diterbitkan.

[37] Lapan Laluan: nama satu kawasan perumahan yang dibina oleh orang Jerman dan orang Jepun di Qingdao (Negeri China) pada permulaan kurun yang lepas.

[38] Menurut Poet Cina Song Yu (290-223), seorang raja Negeri Chu (pada zaman klasik Negeri China) pernah menjumpai dewi Gunung Wu di dalam mimpi dan menjadi kekasihnya.

Holzlar. Evangelischer Friedhof[39]

Ich werde, wo immer zerfällt mein Bau,
In Blumen mich erneu'n.
Gottfried Kinkel: Holzlahr (1850)

Einer kam vor mir
über den Berg,
unterwegs zu Vater oder Schwester,
wer weiß.
Kein Tod hielt ihn
im Baumgarten zurück.
Sein Geschäft war die Fallsucht nicht.
Er stürzte lieber in Aufruhr die Welt,
der Protestant vom anderen Ufer.

Einer gedachte vor mir
des Wassers im nördlichen Wind.
Ob Spree oder Sieg,
Lichtung oder Haft,
Verse waren auch ihm ein flüchtiges Gut.
Sie suchten das Weite,
zerrissen, getrennt
zwischen Umschlag und Brief.

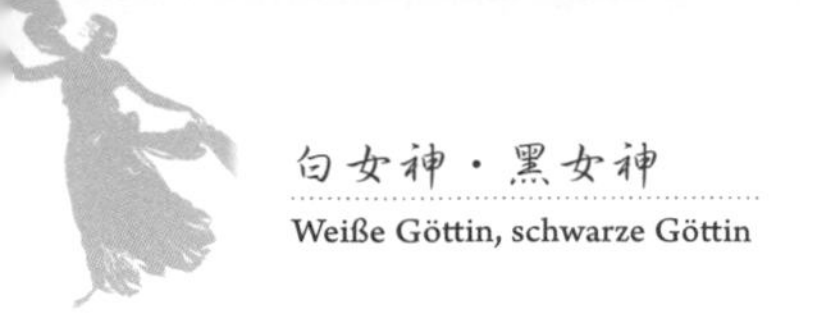

Wir Heutigen setzen zusammen,
was blieb,
und rüsten ein vor Ort.
Wir erzählen die alte Geschichte neu
von Wiesenflur und Saitenspiel.

Herb sei die Luft
und hart das Land.

Aus dem Gedichtband *Narrentürme*, mit einem Nachwort von Bei Dao,
Bonn: Weidle Verlag 2002, S. 39, Anmerkung: S. 106.

[39] In den 50er Jahren nannte man die bis dahin unwegsamen Teile des heutigen Holzlar Korea. Yalu ist der Grenzfluß von China und Korea.

Holzlar・新教徒墓地[40]

每當我的家傾倒，
我將在花兒裡更新自己。
Gottfried Kinkel: Holzlahr (1850)

有人先我而來
越過山嶺
在前往父親或是妹妹的路上
有誰知曉
死亡沒有將他挽留
樹木的林園
墮落不是他的事務
他傾向推翻世界
來自他岸的新教徒

有人先我紀念
北風裡的水
史普蕾[41]或是史格[42]
清除或拘留
詩行也是逃者的物品

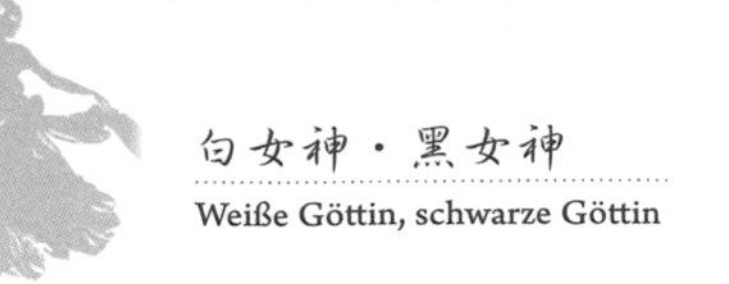

他們尋找那遠離的
撕裂、分開
在信封和信之間

我們今天聚斂
那留下的
且就地準備
以草原和弦樂
將故事新說

空氣是苦
大地是堅硬

作者與張依蘋譯自《愚人塔》（北島作跋）
（波恩：Weidle出版社，2002）頁39

[40] Baumgarten，座落Holzlar的古老小墓地，Kinkel的父親葬在此。這裡採Baum樹，garten園，用作化譯。

[41] Spree，流經柏林的一條河。

[42] Sieg，靠近波恩的一條河。

Holzlar. Protestant Cemetery

Whenever my home falls apart,
I would in flowers renew myself.
Gottfried Kinkel: "Holzlahr" (1850)

Someone came before me
over the hill
on his way to father or sister,
who knows.
No death held him back
in the garden of trees.
Falling was not his job,
rather he brought the world into revolt,
this protestant from the other shore.

Someone thought before me
of waters in northern wind.
Whether Spree or Sieg,
clearing or detained,
verses were also his fugitive goods.
They sought the distant,
tattered, parted
between envelope and letter.

We of today set together
that remained
and prepare on the spot.

We narrate anew the old story
of meadows and string music.

Bitter is the air
and hard is the land.

Tr. by the author and Chantelle Tiong from "Towers of Fools"
(with an afterword written by Bei Dao) (Bonn: Weidle 2002), Page 39.

Holzlar. Tempat Perkuburan Protestant

Apabila pembinaanku runtuh, ku akan
membaharui diri di dalam bunga.
Gottfried Kinkel: Holzlahr (1850)

Seseorang datang sebelum aku
menyeberangi gunung,
dalam di perjalanannya ke ayah atau kakak,
siapa yang tahu.
Tiada kematian menahannya
di dalam taman pokok.
Keguguran bukan tanggungjawabnya,
dia memimpin dunia ke arah terbalik,
Protestant asal pesisir yang sebelah.

Seseorang berfikir sebelum aku
mengenai air di dalam angin utara.
Biar Spree atau Sieg,
penjelasan atau penahanan,
garisan puisi juga barang pelariannya.
Mereka mencari jarak,
berperca, berpisah
antara sampul surat dan surat.

Kita orang kini meletak sama sekali
yang masih tinggal,
dan bersedia diatas tapak penempatan.

Kita menyebarkan secara baru cerita lama
tentang padang rumput dan muzik talian.

Udara pahit
dan tanah keras.

Terjemahan dari "Menara Tolol"(dengan Lepaskata yang ditulis oleh Bei Dao)
(Bonn: Weidle 2002), muka surat 39.

Konfuzius, Sarah und Düsseldorf[43]

——Für Leung Ping-kwan

Heute sind wir rheinaufwärts geflohen.
Ein paar Verse waren schuld.
Bonn lag alsbald hinter uns.
Wir reisten des tags, nicht des nachts.

War dies die zweite Fahrt? Die dritte oder vierte gar!

Wir fragten nach Heine und seiner Bleibe.
Wir fanden ein Haus, eingezäunt in einer Fußgängerzone.
Da saß ein jeder und weilte
bei mürrischem Bier faul und gefällig

und bedachte nicht weiter die Buchhandlung gegenüber.
Auch da verwirrte eine Gedenktafel nur uns,
so wie einst Konfuzius konfus war an der Furt,
da er den Weg nicht fand, da er den Weg erfragte,

so wie wir heute nach Sarah fragten.
Sarah wird helfen, hieß es. Sie weiß, was sie will.
Die Sache verstehen, die Konfuzius nicht verstand.
Die Sache mit der Schlangenfrau im Schlangengewand,

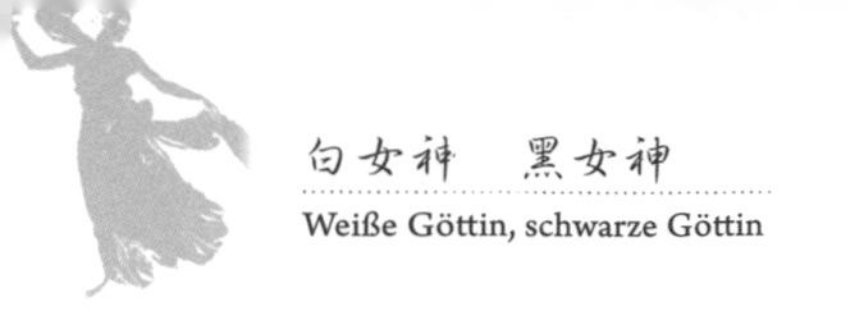

die den Schlangenschnaps servierte und keine Klischees zerbrach
von den Poeten und ihrem Trunk. Wir können nur bedichten,
wovon der Meister sich fernhielt,
die Küche, das Lächeln, die Scham.

Dies ist unser Metier, bevor wir ihn nächtens hören, den Rhein,
und die Frage bedenken, was hört unsere Stimme,
bevor es wächst und stirbt, über Tag?

Aus dem in Arbeit befindlichen Gedichtband *Vom Anfang der Berge.*

[43] Düsseldorf, die Geburtsstadt von Heinrich Heine, hat ein Konfuzius-Institut, wo auch Dichterlesungen stattfinden. Nach altgriechischer Auffassung reist man wegen der Sterne bei Nacht sicherer als bei Tag. Von der zweiten Fahrt ist bei Platon im *Phaidon* die Rede. Kauzige Wirte in Düsseldorf haben die Wendung „mürrisches Bier" prägen helfen. Konfuzius soll tatsächlich einmal an einer Furt stehend nach dem (rechten) Weg, d.h. nach dem Tao, gefragt haben. Er empfahl dem Edlen, sich von der Küche, den Dienern und den Frauen fernzuhalten. In China produziert man Aufgesetzten auch mit ganzen Schlangen.

what the master avoided:
the kitchen, the smile and of course one's shame.

This is our job, before we are listening at night, to the Rhine
pondering the quest, whatever is going to hear our voice,
before it will grow and die, during the day?

Tr. by the author and Chantelle Tiong from
"At the Beginning of the Mountains" (in progress).

Düsseldorf is the hometown of Heinrich Heine. Among her many institutions there is also a Confucius Institute where Chinese poets including Leung Ping-kwan (Liang Bingjun) are used to read their poetry. According to the understanding of ancient Greek one travels better by night than by day with the help of the stars. In Platon's *Phaidon* there is a conversation dealing with the idea of a second journey. The city of Düsseldorf, proud of her many pubs, has a lot of odd hosts, so people like to speak of sullen beer instead of sullen hosts. Confucius once stood in front of a ford and asked for the way, i.e. for the Tao. He also recommended that a gentleman should stay away from a kitchen, the servants and the women. China produces a lot of liquors with inlaid snakes.

孔夫子・莎拉・杜塞爾多夫[44]

——致梁秉均

今天我們逃往萊茵之上。
一些詩行有罪。
波恩就快拋在後頭。
我們在白天旅行，不在夜晚。

這是我們第二個旅程？第三，甚至第四！

我們問海涅和他的家。
找到一棟房子，圍在步行區。
那兒人人徘徊流連
慵懶而憂鬱，環繞啤酒，

不考慮對面書店。
連牌子也只會困擾我們，
像孔子一度在渡口困惑，
當他找不到路，當他問路。

像我們今天問莎拉。
莎拉會幫忙，我們知道。她知道她要甚麼。

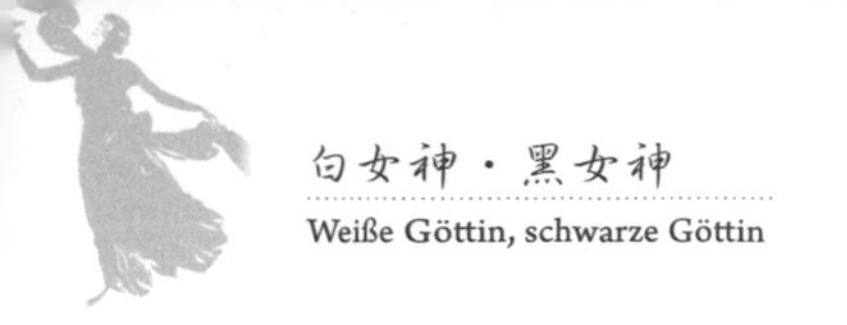

明白孔子不明白的，
蛇女在蛇衣裡的故事，

遞上蛇酒不中斷陳腔濫調
詩人和他們的會飲。我們只能詩化，
主人迴避的那些：
那廚房、那笑，那不好意思。

這是我們的手藝，在傾聽夜晚之前，向著萊茵，
思索那追問，那聆聽我們聲音的，
在它生長與死亡之前，在白天？

作者與張依蘋譯自《山的開頭》（即將出版）

[44] 杜塞爾多夫是海因里希・海涅（Heinrich Heine）的家鄉。在她眾多的院校中有一所孔子學院，中國詩人包括梁秉均常在那兒朗他們的詩。根據古希臘的典故，晚上有星星輝映，比白天適合行旅。在柏拉圖的《理想國》（*Phaidon*）有關於第二度旅程的對話。杜塞爾多夫城市裡的酒吧有許多奇特的主人，眾人因此不談論憂鬱的主人而說啤酒是憂鬱的。孔子曾站在一渡口前問路，亦即道。他也建議一個夫子應該不要親近廚房、僕人及女人。中國生產很多蛇釀酒。

Confucius, Sarah and Düsseldor

——For Leung Ping-kwan

Today we have been escaping up the Rhine.
Some verses were guilty.
Bonn was soon left behind us.
We traveled by day, not by night.

Was this our second journey? Our third, even fourth!

We asked for Heine and his home.
We found a house, fenced in a pedestrian precinct.
There everyone sitting and staying
so lazy yet cozy with sullen beer,

bearing not in mind the book store across.
Even there a plaque confused only us,
just as Confucius was confused at the ford,
when he did not find the way, when he asked for the way

just as we ask for Sarah today.
Sarah will help, we are told. She knows what she wants.
She wants to understand what Confucius did not unders
the story of the snake woman in her snake dress

serving the snake drink breaking not the clichés
of poets and their drinking. We can poetize only

Konfucius, Sarah dan Düsseldorf[46]

——Kepada Leung Ping-kwan

Hari ini kami melarikan diri ke atasan Rhein.
Beberapa garis puisi berdosa.
Bonn akan cepat ditinggalkan.
Perjalanan kami dijalankan waktu siang, bukan waktu malam.

Sudah perjalanan keberapa? Ketiga, atau langsung keempat!

Kami tanya mengenai Heine dan tempat tinggalnya.
Kami jumpa sebuah rumah, dikurungkan di zon jalan kaki.
Di sana orang duduk berfoya-foya
agak selesa dan cozy dengan bir murung,

tak fikir langsung tentang kedai buku arah bertentangan.
Plak disana hanya mengelirukan kami,
semacam sesekali Konfucius terkeliru dekat jeti,
dimana dia sesat jalan dan tanya jalan.

Bagaikan kami tanya Sarah hari ini.
Sarah akan bantu, kami diberitahu. Dia tahu, apa yang dia mahu.
Memahami apa yang tidak difahami Konfucius,
cerita mengenai wanita ular di dalam baju ularnya.

Hidangkan minuman ular dan jangan memutuskan cliché
para poet dan peminuman mereka. Kami hanya boleh berpuisi,

apa yang Guru nak abaikan:
dapur, ketawa, rasa malu.

Ini kerja kami, sebelum kami mendengari waktu malam, terhadap Rhein
menenungi soalan, apa yang akan terdengar suara kami,
sebelum ianya berkembang dan mati, semasa waktu siang?

Dari Koleksi yang akan diterbitkan, "Dari Permulaan Gunung".

[46] Düsseldorf adalah tempat asal Heinrich Heine. Institut Konfucius satu-satunya institusi-institusi yang terdapat di bandar ini, pemuisi-pemuisi Cina termasuk Leung Ping-kwan (Liang Bingjun) beberapa kali membaca puisi mereka di sini. Mengikuti ajaran kuno Yunani, malam lebih sesuai untuk perjalanan kerana kewujudan bintang-bintang. Dalam „Phaidon" iaitu kitab falsafah terkenal Plato tercatat dialog mengenai Perjalanan kedua. Di bandar Düsseldorf yang terkenal dengan banyak bar kepunyaan taukeh yang aneh, maka orang ramai tidak sebut taukeh yang murung tapi katakan bir yang murung. Konfucius pernah tanya jalan dekat sebuah jeti, umpama tanya tentang tao. Dia juga membuat cadangan bahawa seorang lelaki mulia tak seharusnya mendekati dapur, orang gaji dan wanita. Negeri China banyak keluaran arak ular.

Bonn. Dritte Erinnerung
——Für Paul Mendes-Flohr

Wir kommen von den Rändern,
Skopus oder Ennert
Ich sage, vom Tod,
du sagst, vom Leben

Wir treffen uns in der Mitte,
Kaiserplatz, Alter Zoll.
Wir haben die Wahl:
Jede Richtung eine Synogoge,
mal Feuer, mal Stein.

Du bist nicht geflohen,
ich bin nicht geblieben.

Der Mensch, sagst du,
ist nicht eines,
jede Rede braucht zwei,
der Tod das Leben.

Aus dem Gedichtband *Das neue Lied von der alten Verzweiflung*, S. 60.

波恩・第三回憶
——致　保羅・孟德斯・弗羅爾

我們來自邊緣，
史高普思或恩內特
我說，來自死，
你說，來自生。

我們在中間相遇，
皇家廣場，古代海關。
我們有選擇：
每一個方向一間猶太教堂
有時是火，有時是石頭。

你沒有溜走，
我沒有停留。

人，你說，
不是一，
一說需要二，
死需要生。

譯自《新離騷》，頁60

Bonn. Third Memory
——For Paul Mendes-Flohr

We come from the edges,
Skopus or Ennert.
I say, from death,
you say, from life.

We meet in the middle,
Emperor's Square, Old Customs.
We have the choice:
Every direction a synagogue,
sometimes fire, sometimes stone.

You did not flee,
I did not stay.

Man, you say,
is not one,
every talk needs two,
death needs life.

Tr. By the author, slightly revised by Chantelle Tiong,
from "A New Song about Old Despair", Page 60.

Bonn. Ingatan Ketiga
——Kepada Paul Mendes-Flohr

Kami datang dari tepi,
Skopus atau Ennert.
Ku kata, dari kematian,
mu kata, dari kehidupan.

Kami berjumpa di tengah,
Dataran Maharaja, Kastam Kuno.
Kami ada pilihan:
Setiap arah sebuah sinagog,
kadangkala api, kadangkala batu.

Mu tidak lari,
ku tidak tinggal.

Manusia, kata mu,
bukan satu,
setiap perbualan perlu dua,
mati perlu hidup.

Terjemahan dari koleksi "Lagu Baru dari
Kekecewaan Lama", muka surat 60.

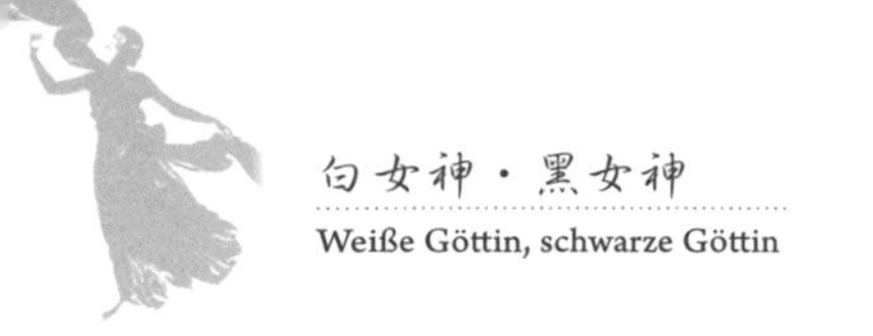

Arts Centre[47] Revisited

Die Erinnerung ist eine eiternde Wunde.
(Nietzsche)

Was du verlieren wirst,
hast du längst verloren.
Der Hafen vor dir, die Liebe am Tisch
sind Erinnerung nur.

Sage nicht, eine Erinnerung an bessere Zeiten,
denke nur, das Land war gierig,
Zement und Beton,
aller Stein unter dem Himmel.

Vieles schob sich ins Wasser, in die Untiefe,
der Abfall des Tages, was von der Hoffnung blieb,
Stuhl und Bett.

Heute fehlt uns das alte Café im 6. Stock.
Heute sitzen wir zwei Stockwerke tiefer,
erlernen die Künste neu,
zu schweigen, zu fliehen.
Alles Schöne sei schrecklich.
Das haben wir lang gehört und hören es ungern erneut.

Einmal wird sie aufstehen,
die Liebe am Tisch, und wandeln mögen,
nicht über das Meer,
lieber durch ein Einkaufszentrum.
Sternenfähre wird der Eingang heißen,
Sternenfähre sein Ausgang. Und du?

Du wirst ein letztes Mal winken
und ihr nachhängen, der verlassenen Spur
von Plakat zu Plakat,
so wie immer von heute auf heute.

[47] Das Arts Centre liegt am Victoria Hafen von der Insel Hongkong und erlaubt einen Blick über das Meer nach Kowloon. Es gibt den Plan, diese Meerenge aufzuschütten. Im Einzelfall ist dem Wasser bereits Land abgerungen worden. Sternenfähre, das ist die berühmte Fähre, Starferry genannt, die zwischen Hongkong und Kowloon verkehrt. "Von heute auf heute": ein Gedanke von Paul Celan.

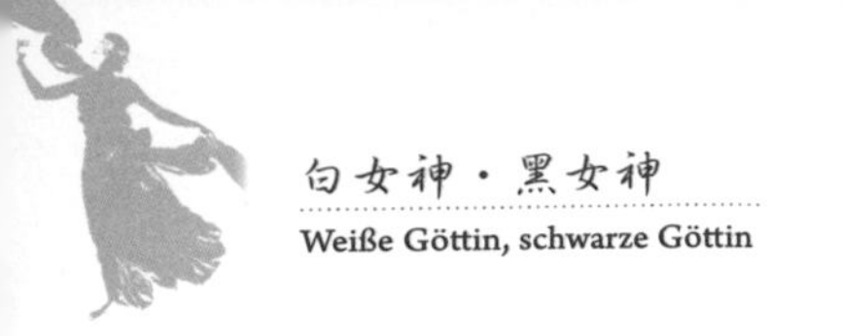

藝術中心[48]重訪

回憶是一道流膿的傷口。

（尼采）

你會失落的，
早就遺落。
你面前的港口，那桌上的愛情
只是回憶。

不要說，那是一個更好時代的回憶，
只要思索，大地曾是貪婪的，
凝土和水泥，
天空下面的一切石頭。

許多擁入水中的，在擱淺之處，
那日子滴落的，那留下希望的
椅子與床。

今天我們不在六樓舊咖啡座。
今天我們坐深兩層樓，

以重新學習藝術，
靜默和逃離。
一切美都是可怖的。
那是我們聽聞已久而不再聽的。

一次她會要醒起，
那桌上的愛情，而轉化，
不再渡海，
而要通往一座購物中心。
天星渡輪會是那入口，
天星渡輪的出口。而你？

你會最後一次揮手
而欲走還留，那留下的痕跡
從海報到海報，
如同一再地，從今天到今天[49]。

[48] 藝術中心座落香港島維多利亞碼頭，面海的方向能看到九龍。那裡有填海的計劃。天星渡輪，著名的往返港島和九龍之間的Starferry。
[49] “Von heute auf heute” 來自Paul Celan（保羅・策蘭）的觀念。

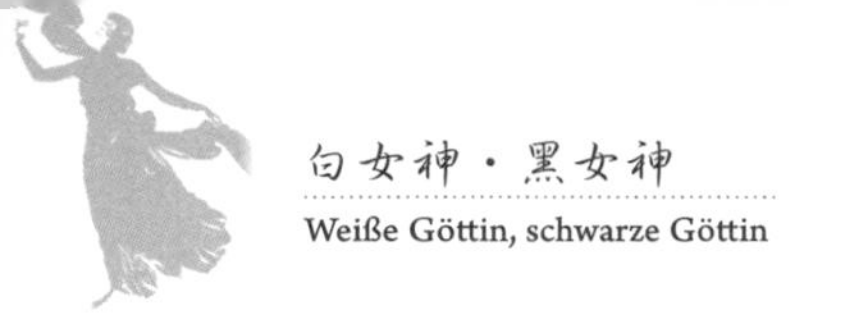

Arts Centre[50] Revisited

Memory is a festered wound.
(Nietzsche)

What you will be losing,
you have long lost.
The harbour in front of you, the love at the table
are only memory.

Say not, it's the memory of a better time,
think only, the land was greedy,
cement and concrete,
all stones beneath the sky.

Much things pushed themselves into the water, into the shoal,
the leftover of the day, the remaining hope
from chair and bed.

Today we miss the old Café on the 6th floor.
Today we sit two storeys deeper
to learn the art anew,
to be silent, to escape.
All beauty is of terror.
That is what we have long heard and do not like to hear again.

Some time she will be get up,
the love at the table, and walk out,
not over the sea,
but across a shopping center.
Star Ferry will be the name of the entrance,
Star Ferry the name of exit. And you?

You will wave for the last time
and hang on it, the trace left
from poster to poster,
as if always from today to today.

Tr. By the author and Chantelle Tiong

[50] The Arts Centre located at the Victoria Harbour of Hongkong Island, from there one can see Kowloon at the other side of the sea. It is also the site of the project of Sea Filling. Starferry, famous ferry traveling between Hong Kong and Kowloon. "From today to today" is the saying of Paul Celan.

Pusat Seni[51] dikunjungi lagi

Ingatan ialah satu luka yang membarah.
(Nietzsche)

Apa yang kamu akan hilang,
sudah lama hilang.
Pelabuhan di depan, cinta di meja
hanya ingatan.

Jangan kata, ingatan itu masa yang lebih baik,
cuma fikir, tanah pernah jadi tamak,
simen dan konkrit,
semua batu bawah langit.

Banyak yang ditolak ke dalam air, di dalam kecetekan,
tinggalan harian, harapan tinggalan dari
kerusi dan katil.

Hari ini kami tak hadir Café lama tingkat ke-6.
Hari ini kami duduk dua tingkat lebih dalam,
demi belajar seni secara baru,
demi berdiam dan berlepas.
Segala yang cantik mesti ganas.
Itu dah kita lama dengar dan lama tak dengar lagi.

Sesekali dia akan bangun,
cinta di meja, dan akan keluar,
bukan melintas laut,
tapi menyeberangi ke pusat beli-belah.
Feri Bintang akan jadi pintu masuk,
pintu keluar Feri Bintang. Dan kamu?

Mu akan melambai tangan untuk kali terakhir
dan tergantung diatasnya, kesan pelepasannya
dari poster ke poster,
seolah-olah senantiasa dari hari ini ke hari ini

[51] Pusat Seni dibina dekat Pelabuhan Victoria di Pulau Hongkong, dari sana orang boleh nampak Kowloon yang berada dibelah lain laut. Project memenuhi laut supaya menambah tanah dijalankan sana. Starferry, Feri yang terkenal diantara Hongkong dan Kowloon. "Dari hari in ke hari ini" adalah fikiran Paul Celan.

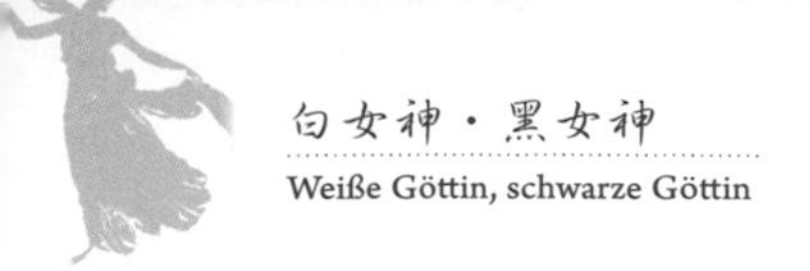

Weiße Göttin, schwarze Göttin

Zuletzt reicht sie eine Schale Reis,
die weiße Göttin, die schwarze Göttin.
Die Harmonie der Dinge, wird sie sagen,
ist die Harmonie von See und Adler.
Was oben weiß ruht, ruht unten tief schwarz.

Der Reis ist weiß, der Reis ist schwarz.
Sie teilt ihn mit einem Messer.
Die Scheide ist ihr der lichteste Spiegel.
Sie scheidet Weiß, sie scheidet Schwarz.

Die Sonne war zu stark in den Bergen,
keine Libelle fing sie auf.
Die weiße Göttin kam zu leichten Schrittes,
über dem Pass wurde sie zur schwarzen Göttin.
Lang suchte sie da nach ihrem Kamm.

Wir flohen das versprochene Land
und schauen Berge nur noch in Schaufensterfluchten.
Da nippt sie an ihrer Milch,
und du schlürfst deinen Mokka,
sie spricht vom Adler tief über der See,
du sprichst vom Ruf hoch unter der Luft.

Es bleibt ein letztes Korn Reis.
Wird es schwimmen, wird es schweben,
mal schwarz, mal weiß?

Aus dem Gedichtband *Lacrimae mundi.* S. 79.

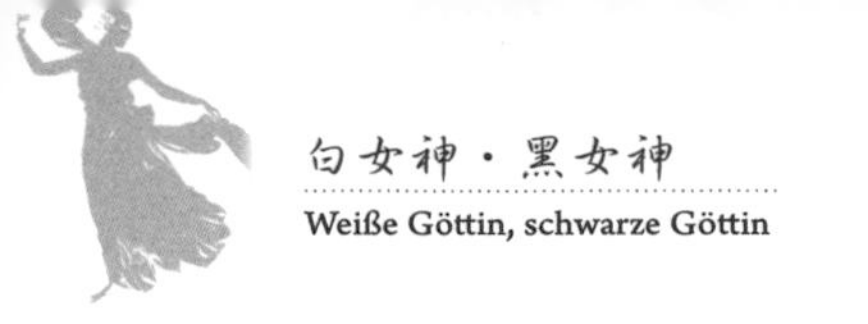

白女神·黑女神

終於她遞上一碗飯，
白色的女神，黑色的女神
她將要宣告的，事物的和諧，
是老鷹與海的和聲。
躺在白色之上的，
也在黑色之下躺著。

米是白的，米是黑的。
她用一把刀分析這些。
分界是最亮的鏡子。
它切開白，它切開黑。

山上的太陽太強，
飛龍[52]捉不著她。
白女神走來腳步太輕快，
在通道之上變成黑女神。
她在那兒久久尋找梳子。

我們從應許之地逃逸
只在購物櫥窗的班機看山。
在那兒，她吮著她的牛奶，
你啜著你的摩卡，
她說老鷹深入海洋之上，
你說召喚在高高天空之下。

剩最後一粒飯。
它將游泳或是浮懸，
一時黑，一時白？

作者與張依蘋譯自《世界的眼淚》，頁79

[52] 這裡把蜻蜓（dragonfly）詮譯為「飛龍」。

White Goddess, Black Goddess

Finally she serves a bowl of rice[53],
the white goddess, the black goddess.
The harmony of things, she will be going to say,
is the harmony of eagle and the Sea.
Whatever rests white above, will rest black deep below.

The rice is white, the rice is black.
She divides it with a knife.
Its blade is her brightest mirror.
It divides white, it divides black.

The sun was too strong in the hills,
no dragonfly caught her.
The white goddess approached, too light was her step,
above the passes she turned into the black goddess.
There she was searching long for her comb.

We fled the promised land
and watch hills just in shop windows' flights.
There she is sipping her milk
and you are slurping your mocha,
She speaks of the eagle deep above the Sea,
you speak of a call high below the air.

There is one last grain left.
Will it be swimming, will it be floating,
sometimes black, sometimes white?

Tr. by the author and Chantelle Tiong from "Lacrimae mundi", Page 79.

[53] Grain of rice.

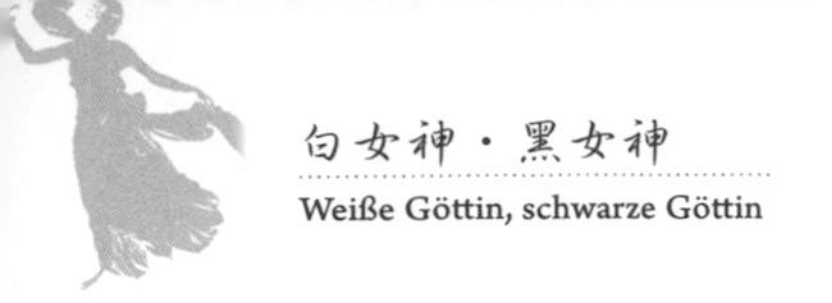

Dewi Putih, Dewi Hitam

Akhirnya hidangkannya semangkuk nasi,
dewi putih, dewi hitam.
Harmoni benda yang akan dia sebutkan,
ialah harmoni burung helang dan laut.
Yang rehatkan putih diatas, akan rehatkan hitam di dalam bawah.

Nasi putih, nasi hitam.
Dia bahagikan dengan pisau.
Bilah pisau cermin yang paling cerah.
Ia bahagikan putih, bahagikan hitam.

Matahari jadi terlalu kuat di bukit,
tiada belalang patung tertangkapnya.
Dewi putih datang dengan langkah terlalu ringan,
diatas laluan dia menjadi dewi hitam pula.
Lama-lamanya dia mencari sikat di sana.

Kami melarikan diri dari tanah janjian
dan memerhati gunung dalam penerbangan melihat-lihat kedai.
Di sana dia sedang minum susu
dan mu menghirup kopi mocha,
dia sebut burung helang mendalam diatas laut,
mu sebut satu panggilan tinggi dibawah udara.

Tertinggal satu bijian yang terakhir.
Mungkin ia berenang, mungkin ia terapung,
sesekali hitam, sesekali putih?

Terjemahan dari " Lacrimae mundi ", muka surat 79.

翻譯的翻譯

張依蘋

在這裡應該交待幾項——

基礎・這本詩集源自從這些詩場合得到的觸動和開啟。

帕米爾（PAMIR）詩歌節，2006年九月，在北京。詩人西川給我的邀請。在帕米爾，我第一次知道Professor Dr. Kubin是個詩人，而且是個把詩朗讀得那麼好的詩人。很可能，就是那聲音召喚我，開始翻譯他的詩。2007年，顧彬得中國大陸最高獎金的中坤詩歌翻譯獎。

詩意地生活，或憂鬱而青春，七月，2008年在吉隆坡。這是漢學家顧彬教授出席紅樓夢國際研討會提呈的論文。也是一部詩手冊的題目。

終究玫瑰，同年十一月。這是有國際出版書號的第一本顧彬中文詩集，德中對照的方式編輯。在吉隆坡出版，於台北林語堂故居的「三詩人朗誦會」現場發佈。三詩人包括鄭愁予，顧彬，羅智成。主持的詩人是許悔之。

Dubai國際詩歌節，2009年4月。3月的時候，詩人邀請我revise他從德文翻譯成英文的一組詩。

吉隆坡詩島詩歌節，二〇一〇年七月。在八打靈與吉隆坡之間。我和十五位學生一起主辦，首屆在馬來西亞的國際詩歌節。「玫瑰之約」詩歌之夜的詩人有北島，也斯，顧彬。參與詩歌節環節的詩人有石江山，林金城，呂育陶，何啟良等，近百人。吉隆坡詩島詩歌節詩歌手冊KL Poetry Island Poetry Handbook也首次收錄顧彬的馬來文詩。

一首詩如何完成，二〇一〇年九月。陳芳明老師給我的邀請。在台北文山。「一首詩如何完成」是我在楊牧七十大壽國際學術會議上提呈的論文。文章裡含有楊牧詩作的德文詩行，為詩人翻譯家，本書原作者所譯。

背景・詩的背景也是詩

北島

我很可能是在北島翻譯的顧彬中文詩影響之下開始的顧彬詩翻譯。嘗試結合中國文字之美以及德語音韻的扎實兼迴轉。

歐陽江河

這本詩集漢語的部份經歐陽江河審訂及潤飾。由衷感到榮幸。

王家新

作者和譯者邀請王家新為這本詩集寫序。這個時候，他還在路上。希望他及時到。

柯慶明

我在台大的指導教授，恩師，詩人黑野。

詩人楊牧

2010年，我終於有機會聽楊牧的課。我也應該稱他，王靖獻老師。

某花蓮詩人

2010年，在花蓮。詩人帶我到松園，教我站在太平洋。傾聽詩的教誨。

詩人顧彬

如果龐德007寫詩……

寫到這裡，我恍然大悟……謝謝您，老師。五年多以來做成的一份作業，呈上了！這樣，我已經是一個合格的譯者了嗎？

其實我想說得是（用喊的）：哇cool!!!!我的老師是詩人，也!!!

期待・聲音

我期待，未來詩人也將錄製有聲詩集。

感謝楊宗翰，因為他的膽識與魄力，這本詩集才會加緊在今年五月面世。

責任編輯黃姣潔，她的效率和能力。感謝美編，詩起舞了……

據說宋政坤總經理是眾「天使」的查理，「Michael Angel」，謝謝您以及秀威。

閱讀大詩03　PG0512

白女神・黑女神

作　　者　顧彬（Wolfgang Kubin）
譯　　者　顧彬（Wolfgang Kubin）、張依蘋（Chantelle Tiong）
責任編輯　黃姣潔
圖文排版　賴英珍
封面設計　李孟瑾
封面題字　歐陽江河

出版策劃　釀出版
製作發行　秀威資訊科技股份有限公司
114 台北市內湖區瑞光路76巷65號1樓
電話：+886-2-2796-3638　傳真：+886-2-2796-1377
服務信箱：service@showwe.com.tw
http://www.showwe.com.tw
郵政劃撥　19563868　戶名：秀威資訊科技股份有限公司
展售門市　國家書店【松江門市】
104 台北市中山區松江路209號1樓
電話：+886-2-2518-0207　傳真：+886-2-2518-0778
網路訂購　秀威網路書店：http://www.bodbooks.com.tw
國家網路書店：http://www.govbooks.com.tw
法律顧問　毛國樑　律師
總 經 銷　創智文化有限公司
236 新北市土城區忠承路89號6樓
電話：+886-2-2268-3489　傳真：+886-2-2269-6560
博訊書網：http://www.booknews.com.tw

出版日期　2011年5月　BOD一版
定　　價　320元

Printed in Taiwan

國家圖書館出版品預行編目

白女神・黑女神 / 顧彬（Wolfgang Kubin）著；張依蘋（Chantelle Tiong）譯 -- 一版. -- 臺北市：釀出版, 2011.05

面； 公分. --（語言文學類；PG0512）

BOD版

德英中馬對照

ISBN 978-986-86982-4-6（精裝）

875.51 100001242

讀者回函卡

感謝您購買本書，為提升服務品質，請填妥以下資料，將讀者回函卡直接寄回或傳真本公司，收到您的寶貴意見後，我們會收藏記錄及檢討，謝謝！
如您需要了解本公司最新出版書目、購書優惠或企劃活動，歡迎您上網查詢或下載相關資料：http:// www.showwe.com.tw

您購買的書名：________________________________

出生日期：________年________月________日

學歷：□高中（含）以下　□大專　□研究所（含）以上

職業：□製造業　□金融業　□資訊業　□軍警　□傳播業　□自由業
□服務業　□公務員　□教職　□學生　□家管　□其它____

購書地點：□網路書店　□實體書店　□書展　□郵購　□贈閱　□其他

您從何得知本書的消息？
□網路書店　□實體書店　□網路搜尋　□電子報　□書訊　□雜誌
□傳播媒體　□親友推薦　□網站推薦　□部落格　□其他________

您對本書的評價：（請填代號　1.非常滿意　2.滿意　3.尚可　4.再改進）
封面設計____　版面編排____　內容____　文／譯筆____　價格____

讀完書後您覺得：
□很有收穫　□有收穫　□收穫不多　□沒收穫

對我們的建議：________________________________

____

____

____

請貼
郵票

11466
台北市內湖區瑞光路 76 巷 65 號 1 樓
秀威資訊科技股份有限公司 收
BOD 數位出版事業部

(請沿線對折寄回，謝謝！)

姓 名：____________ 年齡：________ 性別：□女 □男

郵遞區號：□□□□□

地 址：____________________________

聯絡電話：(日) ____________ (夜) ____________

E-mail：____________________________